Amour fou

A. Bates

Traduit de l'anglais par
Marie-Andrée Warnant-Côté

Les éditions
Héritage inc.

Merci, Greg,
c'est un plaisir de travailler avec toi.

Données de catalogage avant publication (Canada)

Bates, A. (Auline)

Amour fou

(Frissons ; 73)
Traduction de : Krazy 4U.
Pour les jeunes de 12 à 14 ans.

ISBN : 2-7625-8603-8

I. Warnant-Côté, Marie-Andrée. II. Titre. III. Collection.

PZ23.B379Am 1997   j813'.54   C97-940313-8

Krazy 4U
Copyright © 1996 Auline Bates
Publié par Scholastic Inc.

Version française
© Les éditions Héritage inc. 1997
Tous droits réservés

Illustration de la couverture : Sylvain Tremblay
Conception graphique de la couverture : François Trottier
Mise en page : Jean-Marc Gélineau

Dépôts légaux : 3ᵉ trimestre 1997
Bibliothèque nationale du Québec
Bibliothèque nationale du Canada

ISBN : 2-7615-8603-8   Imprimé au Canada

LES ÉDITIONS HÉRITAGE INC.
300, rue Arran, Saint-Lambert (Québec) J4R 1K5
Téléphone : (514) 875-03327
Télécopieur : (514) 672-5448
Courrier électronique : heritage@mlink.net

FRISSONS™ est une marque de commerce des éditions Héritage inc.

Chapitre 1

Axelle Grandbois regarde son amie en se demandant comment exprimer exactement ce qu'elle a à lui dire. Elle remue son sachet de thé dans sa tasse, puis finit par poser tout simplement la question :

— Est-ce que tu as déjà eu l'impression qu'il allait t'arriver quelque chose ?

— Comme un pressentiment ? s'enquiert Thalie en secouant ses cheveux blonds. Non. Je ne crois pas à ce genre de choses.

La jolie rousse fixe longuement son amie avant d'avouer :

— Je n'y croyais pas moi non plus.

— Bon, très bien, on est d'accord, alors, dit Thalie en s'asseyant à table avec une boîte pleine de biscuits au chocolat.

— Non, j'ai dit qu'avant je n'y croyais pas. Mais voilà que ça m'arrive. Depuis que mon père et ma belle-mère sont partis à Hawaii, il y a un gros nuage noir suspendu au-dessus de moi. Ça me donne la chair de poule, comme…

— C'est seulement les nerfs, dit Thalie en riant.

— Non, je suis sérieuse. Et je n'aime pas ça.

— Tu veux des biscuits?

— Trop de sucre. Est-ce que tu as du fromage faible en gras et des fruits?

— Il y a beaucoup de sucre dans les fruits.

— Les fruits contiennent des fibres et des vitamines. Pas ces biscuits-ci.

En voyant son grand sourire, Axelle se rend compte que son amie la taquine... encore. Thalie est une fervente adepte des aliments sans valeur nutritive.

Du réfrigérateur, elle sort du fromage, des pommes et des yogourts.

— Si j'étais toi, je ne prêterais aucune attention à ce nuage noir, dit-elle par-dessus son épaule. Il ne t'arrive jamais de malheurs, de toute façon. Tu es bénie des dieux.

— C'est pas vrai!

— Si, c'est vrai! Tu n'étudies pas et tu as de bonnes notes. Si tu décides le lundi qu'un gars t'intéresse, dès le vendredi tu as un rendez-vous avec lui. Tu...

— Ça n'est arrivé qu'une seule fois!

— Puis? Ça compte, dit Thalie.

— Je te dis que j'ai le pressentiment qu'il va m'arriver quelque chose de terrible et plutôt que de m'offrir ta sympathie, tu ressors une vieille histoire pour essayer de prouver que j'ai tort.

— Voilà, dit Thalie en déposant sur la table une assiette garnie de tranches de fromage et de fruits.

— C'est du fromage sans gras ?

— C'est du cheddar.

— Le cheddar est gras.

— C'est pour ça que j'ai sorti les yogourts.

— Ils contiennent du sucre, dit Axelle en soupirant.

— Tu as le choix : avoir faim, prendre juste des fruits ou manger du gras et du sucre… comme moi, dit Thalie en empilant des biscuits sur une serviette de table.

— Tu as vraiment le don de détourner la conversation. J'essaie de te dire quelque chose.

— Les pressentiments, ça n'existe pas. Sinon, j'aurais vraiment peur.

— C'est ce que je veux te faire comprendre ! s'écrie Axelle, exaspérée. J'ai peur ! Je suis nerveuse. Je ne sais pas quoi faire.

— Je ne comprends pas ce qui te prend ! Tes parents sont partis pour trois semaines. Tu as une carte de crédit et une voiture à ta disposition, une maison pleine de nourriture et un superbe presque demi-frère avec qui partager ta liberté. C'est ce qui s'approche le plus d'une vie parfaite et tu te plains.

— D'accord, ma vie est parfaite, du moins pour trois semaines… quoique Bertrand puisse être pire que mon père parfois. On dirait qu'il est vraiment mon grand frère plutôt que le fils de ma belle-mère.

— Voilà que tu te plains encore ! Si un beau gars comme Bertrand vivait chez moi, tu ne m'entendrais jamais me plaindre. Jamais !

Axelle secoue la tête et ouvre son manuel d'anglais. « Sans doute qu'il est beau, se dit-elle. Mais on vit ensemble depuis presque huit ans. Je ne peux pas le considérer comme un amoureux éventuel. Quand je le regarde, je vois celui qui m'a enseigné à nager et à attraper une balle de baseball. Il ne m'a jamais traitée en petite princesse. Il est comme un frère. »

Les deux filles étudient pendant un moment. Mais Axelle sent un malaise entre elles. Elle examine son amie en essayant de juger si Thalie lui cache quelque chose ou si elle est seulement de mauvaise humeur. Axelle est inquiète.

L'impression de danger imminent devient de plus en plus forte.

« Je dois m'en aller », pense-t-elle en prenant sa veste.

À ce moment-là, Thalie saisit le couteau avec lequel elle a tranché les pommes et le pointe brusquement vers Axelle, qui s'immobilise.

Chapitre 2

— Tu veux le dernier quartier de pomme? demande Thalie en agitant le couteau. Pourquoi est-ce que tu me dévisages de cette façon-là? Ça ne va pas?

— Je me sens nerveuse. Je te l'ai déjà dit.

«Je deviens folle ou quoi? se demande Axelle. Thalie ne me fera jamais de mal. Elle est ma meilleure amie depuis la première secondaire. Elle est plus proche de moi qu'une sœur!»

— Tu n'as rien mangé, remarque Thalie. Ce qui veut dire que j'ai tout mangé.

— Tu manges toujours tout. Sans grossir d'un gramme. De toute façon, je n'avais pas faim.

— Encore un peu de thé?

— Non, je dois m'en aller. J'ai promis à Bertrand que je ferais le souper. Et il meurt de faim quand il rentre. Il n'est pas la personne la plus patiente du monde quand il est question de besoins primaires comme se nourrir.

— Il sort d'un entraînement de natation, dit Thalie en prenant sa défense. Quand je sortais d'une partie de volley-ball, je mourais de faim. Le sport, ça nous fait brûler beaucoup de calories.

— Mais oui, Bertrand est monsieur Perfection. Si tu le dis.

— Je n'ai pas dit qu'il est parfait.

— C'est correct, dit Axelle en enfilant sa veste. Je l'aime bien, moi aussi. Et j'avoue que je le trouve beau. Mais je ne savais pas que tu en étais amoureuse.

— Je ne suis pas amoureuse de lui. Je me contente de le regarder ; il est vraiment agréable à regarder. Il est un « peut-être ».

— J'en ai un, moi aussi, un « peut-être », dit Axelle en mettant ses chaussures.

— Qui ça ?

— Tu verras pendant le cours d'informatique.

— C'est qui ?

— C'est seulement un « peut-être ».

Axelle hausse les épaules puis, jetant un coup d'œil par la fenêtre, elle s'écrie :

— Regarde-moi ça ! Il neige !

— Ouache ! On est seulement en octobre ! Hé ! Ça tombe ! Tu es venue avec la voiture de ta belle-mère, j'espère.

— Tu connais mon goût pour le jogging. J'adore me tenir en forme.

— Beaucoup d'exercice, pas de gras, pas de sucre. Axelle, à deux cents ans, tu seras la vieille femme la plus en santé de la planète ! Il ne restera que toi, en fait. Tu seras seule, mais en santé !

— À demain !

— Appelle-moi quand tu seras rentrée.

— O.K.

« Elle s'inquiète parce que je fais à la course quelques mètres dans la neige, se dit Axelle. Mais le pressentiment qui me rend nerveuse et impatiente… elle ne veut même pas en entendre parler. »

Axelle se met en route. Les énormes flocons accumulés sur les pelouses et les trottoirs la forcent à ralentir le pas.

La première neige est toujours féerique. Isolée par le rideau blanc qui l'environne, Axelle voit à peine à un mètre devant elle.

Les feux de circulation ont disparu ; la lumière des réverbères forme un halo imprécis. Axelle s'arrête, éblouie par la beauté du rideau de dentelle qui se renouvelle sans cesse autour d'elle.

Elle rit en pensant aux vacanciers à Hawaii. « Ils ne savent pas ce qu'ils manquent », se dit-elle en tournoyant, les bras écartés.

L'appel du devoir interrompt sa danse. Axelle a un repas à préparer ; elle doit agir en personne responsable et s'assurer qu'il y aura un souper nutritif pour Bertrand lorsque celui-ci rentrera de son entraînement. « Une grosse salade ? »

Elle se presse vers la maison.

« Il me tuera si je lui sers seulement une salade ! » se dit-elle avec humour.

Elle descend du trottoir, désorientée dans la noirceur qui se répand rapidement, dans l'épaisseur des flocons qui limite sa vision. Les bruits sont assourdis.

Lorsqu'un grondement se rapproche, elle se tourne dans la direction du son, mais le véhicule apparaît soudainement dans son champ de vision, fonçant vers elle à toute allure.

Elle se sent comme une biche dans la lumière des phares, sauf que ceux de cette voiture-ci sont éteints.

Elle hurle à pleins poumons, ne sachant où elle doit sauter, uniquement certaine qu'elle doit le faire ou mourir…

Elle saute.

Chapitre 3

Axelle saute de côté et tombe rudement sur le sol. Des flocons, soulevés par le passage de la voiture, tourbillonnent follement autour d'elle.

L'adrénaline fait battre son cœur à tout rompre, tandis qu'elle regarde la forme sombre disparaître.

— Vous n'avez même pas ralenti! hurle-t-elle, la voix tremblant de soulagement parce qu'elle se rend soudain compte qu'elle est vivante.

«J'aurais pu être tuée sur le coup! se dit-elle. Est-ce que ce fou aurait ralenti ou est-ce qu'il m'aurait laissée étendue dans la neige, ensanglantée... mourante?»

Axelle se remet péniblement sur ses pieds. Ses jambes tremblantes peuvent à peine la soutenir, mais elle n'est plus très loin de chez elle. «J'ai failli mourir quasi devant ma porte!» se dit-elle.

Elle avance lentement.

Lorsqu'elle arrive devant sa maison, la lumière du perron est allumée, ce qui signifie que Bertrand est déjà rentré.

Dès l'instant où elle est en sécurité dans l'entrée, elle recommence à trembler. Bertrand passe la tête hors de la cuisine.

— Qu'est-ce qui t'est arrivé ? lui demande-t-il en se précipitant vers elle.

Il la prend par le bras et l'entraîne dans la cuisine.

— Tu saignes ! Assieds-toi !

Il la pousse sur une chaise et prend des essuie-tout.

Axelle lève la main pour toucher sa tempe, mais elle arrête son mouvement à mi-chemin en voyant le sang couler de sa paume.

— Tu es dans un piteux état ! dit Bertrand en lui tendant un papier mouillé. Enroule ça autour de ta main. Qu'est-ce que tu as fait ?

Axelle grimace lorsqu'il tamponne sa tempe, mais elle entoure docilement sa main de papier mouillé. Sa paume lui fait encore plus mal que sa tempe.

— J'ai failli me faire écraser, dit-elle d'une voix tremblante.

— Par une auto ? Le conducteur ne t'a pas vue ?

— Il neigeait pas mal fort. Les phares de l'auto n'étaient pas allumés. Je ne pense pas... Il ne l'a certainement pas fait exprès. C'était un accident ! Il ne pouvait pas me voir. Ensuite, il était presque trop tard.

— Je devrais t'emmener à l'hôpital, dit Bertrand, le visage grave.

— Aïe ! dit Axelle en touchant une bosse sur sa tête. Ça fait mal, mais je ne crois pas que c'est grave… J'ai marché jusqu'ici. Ou plutôt, j'ai couru. Les gens sérieusement blessés ne peuvent pas courir.

— Tu devrais prévenir la police ou au moins appeler un médecin pour savoir quoi faire. J'ai entendu parler de gens qui ont reçu un choc et qui ne se sont pas rendu compte à quel point ils étaient blessés. Les parents t'ont confiée à moi. Appelle !

« Ils nous ont confiés l'un à l'autre et je ne veux appeler personne ! Qu'est-ce que je disais à Thalie ? Il est pire que papa ! » pense Axelle.

— Bertrand, ça va aller, dit-elle tout haut. Ça ne servirait à rien d'appeler la police. Je n'ai rien vu, à part une vague forme qui fonçait sur moi à travers la neige. Je me sentirais stupide de raconter ça. Je ne saurais même pas dire la couleur de l'auto.

— On devrait FAIRE quelque chose, dit-il en jetant rageusement les essuie-tout sanglants dans la poubelle. Quelqu'un a failli t'écraser. Je voudrais t'aider.

— Tu le peux. Fais le souper à ma place pendant que je prends un bain et que je cherche mes blessures cachées. Puis prépare un bon chocolat chaud pour toi et un thé pour moi qu'on boira en écrivant aux parents. Mais on ne leur parlera pas de l'incident. Il n'y a pas de raison de les ennuyer avec un événement passé.

13

Relaxant dans son bain, Axelle doit s'avouer qu'elle a mal partout. «Ça veut dire que je serai couverte de bleus dans un jour ou deux», se dit-elle.

En dépit du thé chaud et du comprimé contre la douleur, Axelle passe une nuit plutôt mouvementée. Des élancements à la tête et à la main la tiennent éveillée.

Au matin, elle grogne de mécontentement en s'examinant dans le miroir de sa coiffeuse. La bosse à son front a diminué, mais s'est teintée de bleu strié d'égratignures rouges.

Elle la camoufle du mieux qu'elle peut sous une couche de fond de teint.

Lorsqu'elle entre dans la cuisine, Bertrand l'examine discrètement et se contente de dire :

— Tu marches lentement.

— Je me sens lente, réplique Axelle, touchée qu'il lui ait préparé du jus d'orange et une rôtie. Mais ça ira.

— Au moins, prends l'auto de ma mère.

Axelle hoche la tête. Habituellement, elle fait en joggant les trajets aller-retour de la maison à l'école, n'empruntant la voiture que pour se rendre au travail. Bertrand a sa propre voiture et s'en sert pour la plupart de ses déplacements, proclamant qu'il fait assez d'exercice avec tous les sports qu'il pratique. Aujourd'hui, Axelle est heureuse de suivre son exemple.

«Je suis fanatique seulement jusqu'à un certain point», se dit-elle en préparant son lunch.

— J'aurais fait ton lunch, dit Bertrand, comme en s'excusant. Mais tu es si difficile. Je ne savais pas ce que tu aimerais manger.

— Pas de problème. C'est déjà très gentil de ta part d'avoir préparé le déjeuner. Tu n'as pas besoin de me traiter en bébé. Je vais bien.

— Bon, alors, salut! dit-il, l'air embarrassé.

— Salut!

Chaque jour, Bertrand fait un long détour pour passer prendre ses amis sur son parcours. Il n'a jamais emmené Axelle à l'école et elle ne le lui a jamais demandé. Ils fréquentent des cercles très différents, se rencontrant rarement sauf à la maison.

Axelle emporte une salade, des bâtonnets de carotte, des biscuits aux figues, du fromage à la crème maigre et du jus de pomme non sucré. Elle ajoute une poignée d'amandes et un thermos de thé noir décaféiné.

Satisfaite, elle sort et ferme la porte à clé, puis se rend à l'école au volant de la Subaru de sa belle-mère.

Tout en prenant des livres dans son casier, Axelle sent à quel point l'incident de la veille l'a bouleversée, la rendant tour à tour effrayée, soulagée et furieuse.

— Tu n'as jamais pris la peine de m'appeler.

Axelle sursaute au son de la voix de Thalie.

— T'appeler? répète-t-elle en se rappelant vaguement sa promesse.

— Tu es si nerveuse ! Hé ! Des bleus ? Des bandages ? Axelle, qu'est-ce qui t'est arrivé ?

Axelle raconte brièvement l'incident de la veille. Les yeux de Thalie s'agrandissent.

— Axelle ! s'exclame-t-elle en prenant le bras de son amie. C'est terrible ! Tu as failli mourir !

— Je l'ai échappé belle mais, quand tu y penses, ça arrive à tout le monde d'avoir des accidents. Je n'aurais pas dû danser dans la rue. C'était stupide et j'ai eu de la chance. C'est tout !

Thalie la serre maladroitement dans ses bras en disant :

— Je suis contente que tu sois vivante !

— Moi aussi.

Poussés par l'étreinte enthousiaste de son amie, les livres que tient Axelle tombent par terre.

— Excuse-moi, dit Thalie en l'aidant à rassembler les livres éparpillés sur le plancher. Qu'est-ce que c'est que ça ?

Elle pointe du doigt une feuille de papier par terre, qui semble être tombée du livre de mathématiques d'Axelle.

Axelle ramasse la feuille. À la lecture du message, sa vue se trouble. Elle a soudain peur de s'évanouir.

— Thalie ?

— Qu'est-ce qu'il y a ?

— Lis ça, dit Axelle en lui tendant le papier.

Chapitre 4

Les mots, sans doute découpés dans un magazine, forment ce message :

SOIS PLUS PRUDENTE. TU VOIS, JE SUIS FOU DE TOI.

— Ce n'était pas un accident, dit Axelle, les tempes bourdonnantes. Le conducteur a réellement essayé de m'écraser.

— Non ! s'écrie Thalie. Comment est-ce possible ? Qui savait que tu étais chez moi ? Qui savait quand tu es partie et quel trajet tu prends pour rentrer chez toi ?

« Toi, pense Axelle, sans oser regarder son amie. Tu m'as vue partir. La vieille auto de tes parents était là. C'est une grosse voiture. Et tu connais mon trajet… Hé ! Je suis paranoïaque. Ce n'était pas Thalie. Si elle l'avait voulu, elle aurait eu des centaines d'occasions de me faire du mal en cinq ans. Non… c'était quelqu'un d'autre. »

— Attends, dit-elle tout haut. On tire trop vite des conclusions. On tient pour acquis qu'il y a un lien entre l'incident d'hier et ce message.

— C'est logique.

— Peut-être pas. Ce serait facile de glisser un message dans mes livres durant la classe, mais ça l'est moins d'ouvrir mon casier. Si le message a un lien avec ce qui s'est passé hier soir, alors il a dû être mis dans mon casier ce matin. C'est impossible. Peut-être qu'il était dans mon livre depuis toujours et que je ne l'avais pas vu.

— J'ai entendu parler d'un gars qui ouvre les casiers pour de l'argent. Je veux dire, si on le paie pour le faire.

— Vraiment ? demande Axelle en refermant son casier.

— Quand deux événements très bizarres se suivent, je suis portée à croire qu'ils sont reliés, dit Thalie, alors qu'elles se dirigent vers la salle des ordinateurs. Sois prudente dans la rue.

— En tout cas, ça contredit ta théorie qu'il ne m'arrive jamais de malheurs, dit Axelle en entrant dans la salle.

Thalie lève les yeux au ciel, puis dit :

— Puisque tu as la voiture, si on sortait dîner ?

— Et mon pressentiment était vrai.

Thalie dépose ses livres près d'un ordinateur et, refusant de commenter la dernière réplique de son amie, elle demande :

— Qui est ton « peut-être » ?

— Voyons si tu peux le découvrir.

Axelle s'installe à côté de son amie et salue des camarades. Lorsque la classe débute, elle essaie de se concentrer, mais elle se sent nerveuse. Le message est comme un néon dans sa tête.

« Je sens que quelqu'un me souhaite un sort horrible. On m'a presque tuée hier ; ce n'est pas assez ? Que doit-il encore se passer ? Pourquoi est-ce que je ne peux pas me débarrasser de cette impression ? »

Elle jette un coup d'œil alentour. « Ce sont mes amis, se dit-elle. Je les connais depuis toujours. » Son regard reste posé sur Clément Houle. « Et lui, c'est mon "peut-être". »

Clément est grand et mince, quasi maigre. Il a un fin visage délicat. C'est un bon élève.

Et il est gentil. Axelle l'a vu s'arrêter pendant un orage pour aider quelqu'un à changer un pneu.

« C'est vraiment un bon gars », pense Axelle en le regardant travailler. Elle se souvient de plusieurs choses qu'elle l'a vu faire, des choses simples, comme être aimable avec ses camarades quelle que soit leur popularité.

« On dirait qu'il a un point de vue différent du nôtre, se dit-elle. Nous, on est toujours préoccupés par ce que les autres pensent de nous, on se demande tout le temps si on fait ce qui est correct... Clément ne paraît même pas conscient qu'on l'observe. J'aime ça. »

Elle se rend compte tout à coup qu'elle a les yeux fixés sur lui depuis un long moment. Elle se détourne pour travailler. Sa main gauche lui fait mal et la gêne pour taper correctement. Axelle a besoin de toute son attention pour ne pas faire de fautes.

À la fin de la classe, elle considère de nouveau Clément en se disant: «J'ai fourni un bon indice à Thalie en le fixant comme ça.» Elle se sent rougir et détourne le regard.

Thalie la saisit par le bras et l'entraîne dans le corridor.

— Tout devient beaucoup plus clair pour moi, annonce-t-elle à Axelle. C'était un cours particulièrement révélateur !

— Alors, qu'est-ce que tu as découvert? demande Axelle en rougissant de nouveau.

— Qu'un élève dans ce cours brûle d'amour pour toi !

«C'est pas Clément. Il n'a même pas tourné la tête une seule fois dans ma direction», se dit Axelle.

— C'est qui? demande-t-elle.

— Un gars t'a regardée pendant tout le cours. Mais je ne sais pas si son regard voulait dire «Je suis follement amoureux de toi» ou «Je ne peux pas te sentir».

— Cesse de faire la mystérieuse. On doit aller en classe. Dis-moi juste qui c'est.

— Il a des yeux noirs. Il n'a pas pu détacher ses yeux noirs de ton visage. Il t'a regardée, regardée, regardée.

— Dis-moi qui c'est!

«Et je ne me suis aperçue de rien !» pense Axelle, qui se sent vulnérable.

— Si tu as jamais rencontré un obsédé, c'en est un. C'était pas mal inquiétant. À un moment donné, j'ai failli me lever et me mettre entre vous deux pour qu'il ne te voie plus.

Axelle se sent glacée. Les paroles de Thalie l'enferment dans une trappe. « Un obsédé ? » se dit-elle en frissonnant.

— Dis-moi qui c'est !

— Chut ! murmure Thalie en lançant un regard éloquent par-dessus l'épaule de son amie.

Axelle avale sa salive avec effort et se retourne.

Chapitre 5

— Johan ? chuchote Axelle.

Thalie hoche la tête.

— Johan Moreau ?

— C'est étrange, dit Thalie en secouant de nouveau la tête. Surveille-le quand tu en auras l'occasion.

Axelle ne sait pas si elle doit rire de soulagement ou se mettre en colère.

— Voyons, Thalie, dit-elle. Johan est amoureux de moi depuis des années et tu le sais. Je t'en ai parlé il y a deux ans. Tu m'as inquiétée pour rien.

— Ça ne me paraissait pas rien. Excuse-moi de t'en avoir parlé, dit Thalie en se détournant brusquement.

Dans le mouvement, ses cheveux blonds décrivent un arc de cercle. « Oups ! Maintenant, elle est furieuse », se dit Axelle.

Elle va s'asseoir dans la salle où aura lieu son prochain cours et ouvre ses livres tout en poursuivant ses réflexions : « Je ne sais jamais combien de temps ses colères vont durer ; parfois, c'est des jours, parfois c'est quelques minutes. Quelle drôle d'amitié on vit, de toute façon ! Et pourquoi est-ce qu'elle prend la peine de me signaler que Johan Moreau m'examinait ? Il fait ça depuis des années. Elle le sait ! Est-ce qu'elle essaie de m'effrayer ? Elle a vu le message. Elle sait que je suis nerveuse. Et voilà qu'elle m'inquiète encore plus ! »

À l'heure du dîner, Axelle ne sait pas si elle doit s'excuser auprès de Thalie ou exiger des excuses de celle-ci. Elle va chercher son sac à lunch dans son casier et se précipite vers le terrain de stationnement, où son amie, appuyée contre la Subaru, parle avec des camarades.

— Où est-ce que tu veux aller ? lui demande Thalie.

Axelle ouvre les portières et monte en voiture en disant :

— Où tu veux. J'ai mon lunch.

— Allons au *Roi du hamburger*.

Axelle lève les yeux au ciel, mais les conduit au populaire restaurant.

— Je vais choisir une table dehors tandis que tu passes ta commande, dit-elle en descendant de voiture.

Thalie la rejoint, portant un plateau chargé de hamburgers, de frites et d'un lait frappé au chocolat. Elle s'assoit et tend une frite à son amie :

— Tu en veux une ?

Axelle grimace de dégoût et s'écrie :

— Ne me mets pas ça devant la face. Sais-tu ce que tu tiens là ?

— Une frite.

— Du gras. Du gras à l'état pur.

— Mmm ! C'est bon ! réplique Thalie en dévorant la frite.

— Si j'ai le goût d'une pomme de terre, je mange une pomme de terre. Si j'ai le goût de gras, j'ouvre une bouteille de Crisco. Je pourrais boire de l'huile à la bouteille et avaler du gras de meilleure qualité que celui que tu manges.

— Ça ne serait pas aussi bon.

Axelle secoue la tête. C'est un sujet de discussion usé et elle sait qu'elles ne seront jamais d'accord. « Au moins, Thalie n'est plus fâchée contre moi, se dit-elle. Et je n'ai pas eu à m'excuser. »

Thalie examine le lunch de son amie et déclare :

— Tu ferais un excellent lapin.

— Les lapins ne boivent pas de thé.

— Quelles vitamines est-ce qu'il y a dans le thé ?

— C'est un thé noir, pas une tisane.

— Décaféiné, je suppose ?

— Évidemment.

— Pourquoi est-ce que tu ne bois pas de l'eau tout simplement ?

— Il se pourrait que le thé noir protège contre le cancer du poumon.

— Tu ne fumes pas.

— La pollution est inévitable. Il y en a partout.

— Tu es une fanatique, dit Thalie en secouant la tête. Le fanatisme n'est pas un état mental sain. Comment est-ce que tu peux faire subir ça à ton esprit?

— Je ne suis pas une fanatique! Je mange tout ce que je veux. Et je VEUX manger des aliments sains!

— Tu as peur de la nourriture. Tu as peur de la vie. Tu as peur de manger, peur de respirer, peur d'arrêter de faire de l'exercice. La vie, pour toi, c'est un énorme virus qui essaie de t'avoir.

— J'aimerais te faire remarquer que c'est justement ce que je fais en ce moment: je mange, réplique Axelle en lançant un regard indigné à son amie. Et je respire.

— Oh! Axelle! Tu crois tout ce que tu lis sur les dangers qui nous menacent. Tu t'avances dans la vie, effrayée par la nourriture, l'air et la pollution qu'il contient. Si un article dit de manger des épinards, tu manges des épinards. Si un autre dit de mettre du beurre d'arachide dessus, tu mets du beurre d'arachide.

— Je n'ai jamais mis de beurre d'arachide sur rien!

— Et voilà ton problème, dit Thalie en souriant. Si tu ne trouves pas les résultats d'une recherche disant que quelque chose est bon pour ta santé, tu n'en manges pas, tu ne le respires pas, ne le bois pas. Tu n'essaies jamais rien pour voir si c'est dangereux. Il te faut des preuves à l'avance. Tu es une fanatique et ça, ce n'est pas sain.

Axelle ne trouve rien à répliquer. Habituellement, Thalie ne raisonne pas aussi bien.

— Ah! s'écrie celle-ci. Tu ne trouves rien à dire, hein?

— Tu as développé cette théorie derrière mon dos.

— C'est vrai. J'y ai beaucoup pensé. Parce que tu deviens pire qu'avant. Tu as déjà été raisonnable. Parfois, tu osais même manger de la crème glacée ou une frite. C'est quand la dernière fois que ça t'est arrivé?

— J'en n'avais pas le goût.

— Ouais, c'est une réponse commode. On n'a pas besoin d'en avoir le goût pour manger de la crème glacée.

Axelle prend une bouchée de salade et mâche ostensiblement. Puis elle mange un peu de fromage sur un craquelin.

— J'aime cette nourriture-ci, dit-elle. Quand tu prétends que j'ai un problème psychologique parce que je préfère les aliments sains, tu dépasses les bornes.

— Ouais, comme je dépasse les bornes quand je dis que Johan Moreau est absolument obsédé par toi parce qu'il ne peut pas te quitter des yeux pendant tout un cours et parce que ses yeux lui sortent presque de la tête.

— Exactement! dit Axelle en remballant furieusement les restes de son lunch. Il est fou de moi depuis des années et tu le sais. Moi, je te dis qu'il va m'arriver quelque chose de terrible et, tout de suite après, on essaie de m'écraser, puis je trouve un message délirant dans un de mes livres. J'ai besoin d'être rassurée et réconfortée, Thalie, et au lieu de ça, toi, tu me ramènes cette vieille histoire de Johan.

— Pour ton information, ce n'était pas un regard brûlant d'amour qu'il posait sur toi. C'était de l'obsession pure et simple. Et crois-moi, à te fréquenter, j'ai appris à reconnaître une vraie obsession.

Thalie jette violemment ses dernières frites dans la poubelle, puis se retourne. Elle plaque alors ses mains sur sa bouche, les yeux agrandis de surprise.

Figée, elle regarde par-dessus l'épaule d'Axelle. Celle-ci se retourne.

D'abord, elle est soulagée. Ce n'est que Johan.

Puis elle reconnaît l'expression sur le visage du garçon.

Chapitre 6

— Est-ce qu'elle te dérange? demande Johan en lançant un coup d'œil à Thalie. Je peux lui dire de s'en aller.

La mâchoire du garçon est contractée et son regard, sombre et intense.

— Tu peux quoi? demande Axelle.

— Je peux obliger Thalie à te laisser tranquille. Je l'ai vue s'impatienter. Je l'ai vue lancer des choses. Les gens ne devraient pas agir de cette façon quand ils sont avec toi. Tu n'as qu'un mot à dire et je l'obligerai à partir.

Tout ce qu'Axelle arrive à se dire, c'est: «Ce gars est complètement fou!»

Johan continue à fixer Thalie de son regard sévère et Axelle comprend qu'elle doit intervenir.

— Johan! Thalie est mon amie, dit-elle. Ça arrive que des amis se fâchent et lancent des frites. Ça ne te regarde pas, d'accord?

— Tant que tu vas bien, marmonne Johan, le visage rouge.

Il jette un dernier regard sombre à Thalie, puis s'en va.

— Tu fais mieux de faire attention à toi, dit Axelle à son amie. J'ai un protecteur. Il ne laisse pas les gens me lancer des frites.

— Je ne t'ai pas lancé de frites, réplique Thalie, tandis qu'elles se réinstallent dans la voiture.

— Je ne l'ai jamais vu agir comme ça. Qu'est-ce qui lui prend?

— Je te l'ai dit. Il était peut-être amoureux de toi quand il était plus jeune, mais maintenant il est carrément obsédé! En deux ans, sa passion n'a fait que grandir.

— Je m'excuse, dit solennellement Axelle en garant sa voiture dans le terrain de stationnement de l'école. J'aurais dû croire chaque mot sorti de ta bouche. Tu dis toujours la vérité; tu ne mens jamais.

— Oh! la ferme! J'avoue qu'il m'est déjà arrivé d'exagérer dans le passé. Si on allait au cinéma? Est-ce que tu travailles ce soir?

— À moins qu'un autre employé tombe malade, je ne dois travailler que vendredi, répond Axelle en sortant de voiture. Qu'est-ce qu'on joue en ce moment?

— Je ne sais pas. On consultera les journaux. C'est moi qui conduirai ce soir.

Axelle sourit en pensant: « Si elle vient me chercher, elle pourra parler à Bertrand ou du moins le reluquer. C'est ce que Thalie aime le plus au monde, regarder les garçons et leur parler. »

De retour chez elle après l'école, Axelle prépare le souper : poulet grillé, légumes bouillis et salade. Bertrand met la table.

— Merci d'avoir fait le souper, lui dit-il en se servant de généreuses portions.

— Il manque juste le pain.

Il va chercher un pain de grains entiers et le donne à Axelle.

— Quoi ? Aucun commentaire ? demande celle-ci.

— J'ai la bouche pleine.

— Parfait.

— Sinon, j'aurais fait une bonne blague sur les vitamines et les fibres.

— Est-ce que tu trouves que je suis une fanatique ? demande Axelle en jouant avec ses légumes du bout de sa fourchette.

— Indiscutablement.

— Non, je veux dire une vraie fanatique, qui exagère.

— Tu m'as posé une question et j'y ai répondu. La poser autrement ne changera rien à ma réponse.

— Oh !

— Tu as l'air d'aller mieux.

— J'ai encore mal. Je prendrai sans doute la voiture toute la semaine. Mais ce soir, Thalie viendra me chercher pour qu'on aille au cinéma. Ça t'intéresse ?

— Non.

« Il ne veut pas passer de temps avec moi ? se

demande-t-elle. Ou il n'a pas envie d'aller au cinéma. Ou il soupçonne Thalie de s'intéresser à lui et il ne veut pas l'encourager. C'est si difficile de comprendre les autres ! »

— C'est bizarre de vivre sans parents, dit Bertrand. Il n'y a personne pour nous dire quoi faire. Les seules règles à respecter sont celles qu'ils nous ont laissées. Et c'est à nous de décider si on les suit ou non.

— Tant qu'on ne met pas la maison à l'envers et qu'on ne dépense pas trop d'argent.

— Si maman était ici et qu'elle me regardait sévèrement pour m'obliger à rester à la maison pour étudier, je serais sans doute allé au cinéma avec vous. C'est évident. Mais c'est moins évident quand je dois trouver mes propres raisons de faire ou de ne pas faire une chose. C'est la première fois qu'une mère, un prof ou un entraîneur ne juge pas chacun de mes gestes. Maman s'est impliquée à mort dans ma vie quand mon père nous a quittés.

Axelle se souvient de la mort de sa mère. Elle avait huit ans alors et s'était sentie perdue. Son père s'était montré tour à tour très attentif et si déprimé qu'il ne s'apercevait même pas de sa présence.

— C'est pareil pour moi, dit Axelle. Quand on me donne des ordres, je choisis d'obéir ou non. Mais quand il n'y a personne pour me dire quoi faire, c'est comme s'il y avait des centaines de possibilités. C'est ce que ça veut dire, vieillir. C'est examiner toutes les possibilités et décider soi-même de la direction à prendre.

— C'est à ça que je m'applique en ce moment, dit Bertrand en lui adressant un étrange sourire.

Lorsque Thalie arrive, Axelle voit qu'elle porte un de ses survêtements.

— Tu en as encore combien à moi? demande-t-elle.

— De quoi parlez-vous? demande Thalie. Bonsoir, Bertrand!

— Bonsoir.

— Tu as plusieurs de mes sweat-shirts! dit Axelle. J'espère que tu vas me rendre celui-ci.

— Alors il faudra que je t'en emprunte un autre pour rentrer chez moi. Il fait froid!

— Trois de mes sweat-shirts ont disparu depuis la rentrée des classes. C'est le premier que je revois et je veux que tu me le rendes.

— D'accord. Mais pas ce soir, je vais geler.

Elles saluent Bertrand et sortent.

Tandis qu'elles se rendent au cinéma, Axelle réfléchit: «Bertrand pense que je suis une fanatique, lui aussi, que je suis cinglée. Je pensais que j'étais normale et voilà que je découvre tout à coup que les autres me trouvent folle. Est-ce qu'on a tous une image en nous de ce qu'on croit être? Est-ce que les autres aussi ont d'eux-mêmes une image fausse? Qui décide de ce qu'on est? Qui nous définit? J'ai failli mourir écrasée. Quand une chose comme ça nous arrive, ça nous change. Pourquoi

Thalie ne peut-elle pas comprendre ça ? »

Alors que Thalie gare la voiture, une autre auto se stationne tout près.

Axelle se raidit en entendant une voix inconnue leur crier :

— Hé, les filles !

« Des garçons. Thalie doit être contente », se dit-elle.

— Bonsoir, dit Thalie en jouant avec une mèche de ses cheveux. Vous allez au cinéma ? J'ai entendu dire que le film est vraiment mauvais.

Elle sourit au groupe de garçons. Sans connaître leurs noms, Axelle en a déjà vu plusieurs à l'école.

— On va prendre un café au *Moca*. Vous venez avec nous ? demande l'un d'eux.

— Gardez-nous des places, répond Thalie.

La voiture des garçons sort du stationnement.

— Allons au cinéma comme prévu ou rentrons, dit Axelle.

— J'ai une vie à vivre et je veux qu'elle inclue des garçons. Et ça, ce sont des garçons.

— La moitié de l'humanité est formée de mâles.

— La moitié de l'humanité ne m'a pas invitée à boire un café.

Thalie conduit sa voiture hors du stationnement.

— Je suis fatiguée, dit Axelle. Ramène-moi à la maison. Puis tu pourras revenir dans le coin.

— Voilà le restaurant ; il y a de la lumière, des garçons, de la compagnie. S'il te plaît, viens avec moi et restons un peu. Ça te changera les idées. Et si tu t'ennuies, je te ramènerai chez toi.

— La prochaine fois, c'est moi qui conduirai.

— Parfait.

— Une demi-heure.

— D'accord. Et merci !

Au moment où elles pénètrent dans le restaurant, une camionnette entre en trombe dans le terrain de stationnement et va se garer au fond.

Axelle secoue la tête.

— C'est Johan, annonce-t-elle. Qu'est-ce qu'il fait ici ?

Les garçons leur ont gardé des places. Elles s'installent à leur table. Thalie commande un café et une part de tarte. Axelle est vaguement consciente de son rire et de sa conversation animée.

Elle-même sirote un thé noir tout en surveillant la porte, s'attendant à voir entrer Johan.

« Qu'est-ce qui lui prend ? Pourquoi est-ce qu'il a commencé à me suivre et à me dévisager sans arrêt ? se demande-t-elle. Peut-être qu'il le fait depuis des années et que je le remarque seulement parce que Thalie m'en a parlé. »

Elle se rappelle comment ça a commencé. Il y a deux ans, Johan et elle ont fait équipe pour un travail en géographie. Il rougissait chaque fois qu'il la regardait. C'était mignon et inoffensif. « Mais quand il me fixait pendant le cours d'informatique, hier, Thalie ne pouvait pas dire si c'était un regard d'amour ou de haine. Et s'il ne m'aimait plus du tout ? Peut-être qu'il s'est fatigué d'être ignoré et qu'il me déteste maintenant. Il a pu me suivre chez Thalie et attendre que je sorte de chez elle. S'il me suit depuis longtemps, il connaît le trajet que je prends pour rentrer à la maison. Et si c'était lui qui avait essayé de m'écraser ? »

— Je reviens, dit-elle en se levant.

Elle se précipite vers le terrain de stationnement.

— Axelle ! Où est-ce que tu vas ? crie Thalie.

Axelle ne répond rien, trop occupée à préparer sa confrontation avec son persécuteur.

Chapitre 7

La camionnette n'est plus là. «Peut-être que ce n'était pas Johan après tout», pense Axelle.

— Tu aurais pu me prévenir que tu voulais t'en aller, dit Thalie derrière elle.

— Johan est parti.

— Qu'est-ce que tu voulais faire? Lui demander de te raccompagner? Es-tu folle? Tiens, ton sac à main. Tu l'avais oublié. Ta veste aussi.

— Rentrons, dit Axelle en enfilant le vêtement que lui tend son amie.

— Je leur ai dit que tu as eu un accident, que tu t'es frappé la tête et que tu n'es pas tout à fait toi-même aujourd'hui.

— Oh! super! dit Axelle en s'asseyant à côté de son amie dans la voiture. Ces gars-là vont croire que je suis une cinglée.

— Une asociale, précise Thalie en démarrant. Tu ne dis pas deux mots pendant tout le temps qu'on passe avec eux. Puis tu te précipites dehors. Qu'est-ce qui te prend?

— Je te l'ai dit: j'ai un mauvais pressentiment.

Elles roulent un moment en silence, puis Axelle raconte à son amie pourquoi elle croit que ça pourrait être Johan qui a essayé de l'écraser.

— C'était une camionnette?

— Je n'en suis pas sûre. Je me souviens seulement que c'était un gros véhicule. Ça aurait pu être une camionnette.

— Sa couleur?

— Je ne me la rappelle pas. C'était une grande forme sombre jaillissant de la blancheur. J'ai compris le danger et j'ai sauté de côté. Si je m'étais arrêtée à penser à ce que je devais faire ou à remarquer la couleur, je serais morte à présent.

— Johan conduit une Toyota bleue. Et la camionnette qui est passée près du restaurant était bleue.

Bertrand est encore debout lorsque Axelle rentre.

— Le film était bon? lui demande-t-il.

— C'est une soirée gâchée.

Elle ne lui parle pas des garçons, ne désirant pas recevoir de conseils paternels, mais lui rapporte ses soupçons au sujet de Johan.

— C'est qui, ce Johan? demande-t-il.

— Un gars de mon école qui était amoureux de moi. Mais maintenant, on dirait que c'est plus que ça.

— Tu devrais l'éviter.

— Comme si j'avais le choix. Quand quelqu'un te suit, ce n'est pas facile de l'éviter.

Elle va à la cuisine prendre deux *Advil*, puis

revient au salon où Bertrand étudie. «J'aimerais être aussi organisée et sérieuse que lui, se dit-elle. Il étudie fort; il a de bonnes notes; il fait partie de plusieurs équipes sportives et il ira au cégep l'an prochain. Il ne se laisse même pas distraire par une petite amie.»

— Bon, bien, bonsoir! lui dit-elle.

Il relève la tête, lui adresse de nouveau son étrange sourire et se replonge dans ses livres.

Axelle lui rend son sourire. Elle sourit encore en s'endormant; elle sourit jusqu'à ce que le premier cauchemar la terrorise.

C'est le nuage noir du pressentiment; il l'enveloppe et l'envahit par tous les pores de sa peau. Il prend racine dans sa chair.

Il a des yeux.

Réveillée, elle s'assoit, tremblante de peur et haletante. Après un moment, elle se convainc qu'elle est en sécurité. «Je vais allumer et tout sera normal», se dit-elle.

Pom. Poum. Poum.

Son cœur se met à battre follement.

Quelqu'un... ou quelque chose est près de la maison... près de sa chambre?

Pom. Poum. Poum.

Axelle est certaine de pouvoir survivre à son cauchemar et au bruit de cognement si seulement elle peut allumer. Tout ira bien si elle peut voir ce qui se passe autour d'elle. Il n'y aura plus rien à craindre dans la lumière.

Mais elle ne réussit pas à forcer son bras à se tendre vers la lampe.

Le sortilège du cauchemar la fige de peur et le cognement reprend.

Pom. Poum. Poum.

« On dirait que quelqu'un essaie de faire un trou dans le mur. Je suis réveillée. Le cauchemar est fini, alors pourquoi est-ce que les bruits continuent ? Je veux que ça cesse ! »

Plutôt que de cesser, le cognement reprend plus près de la fenêtre.

Pom. Poum…

La vitre de sa fenêtre vole en éclats.

Chapitre 8

L'éclatement du verre sort Axelle de son engourdissement. Elle bondit à bas de son lit et cherche l'interrupteur de sa lampe.

Dans la lumière, sa chambre apparaît ordinaire et rassurante… sauf pour les morceaux de verre parsemant le plancher sous la fenêtre et pour la forme lourdaude qui pousse les rideaux de l'extérieur.

Les yeux fixés sur les rideaux, Axelle tâtonne à la recherche de ses chaussures, puis les met.

Il y a un bruit de course à l'extérieur, puis l'éblouissement du faisceau lumineux d'une lampe de poche.

— Axelle? Tu es là? Est-ce que ça va? Qu'est-ce qui se passe?

Le soulagement l'envahit en reconnaissant la voix de Bertrand.

— Ça va, lui répond-elle. Qu'est-ce qui est appuyé contre mes rideaux?

— C'est l'échelle. J'ai entendu du bruit et je suis venu voir. Ta fenêtre est cassée!

— Je sais, dit Axelle en frissonnant dans le courant d'air froid.

— On dirait que c'est notre échelle. Je vais aller vérifier dans le hangar.

Il disparaît, mais revient vite avec un marteau et des clous.

— La porte est grande ouverte, dit-il. Viens me rejoindre. Tu tiendras la lampe de poche pendant que je vais clouer des planches sur ta fenêtre.

« Ce bon vieux Bertrand ! se dit-elle. Calme, responsable. »

Elle enfile sa robe de chambre, prend une lampe de poche et va rejoindre Bertrand. Il a trouvé un tas de petites planches et vérifie si elles sont de la bonne taille pour la fenêtre.

— Qu'est-ce qui s'est passé ? demande-t-il. Qui a fait ça ? Pourquoi ?

— Je n'en ai pas la moindre idée. Pourquoi casser la vitre ? Ça fait du bruit et ça alerte les gens.

— Est-ce que tu es capable de tenir la lampe tout en me passant les planches ?

Axelle hoche la tête.

— Je n'aime pas ça, dit encore Bertrand. Je vais installer un verrou à la porte du hangar.

« C'est Johan, se dit Axelle. Mais pourquoi est-ce qu'il est venu à ma fenêtre ? »

— Celui qui a fait ça ne voulait peut-être pas briser la vitre, mais il m'a entendu venir et a voulu faire vite…

«Ça ressemble à Johan. Il est maladroit», pense Axelle.

— Il est sûrement parti. J'ai entendu une voiture démarrer et s'éloigner, dit Bertrand.

Lorsque la fenêtre est bouchée, Axelle revient dans la pièce ramasser les morceaux de verre. Elle suspend une couverture à la tringle devant la fenêtre pour arrêter l'air froid soufflant entre les planches. Elle passe le reste de la nuit assise sur son lit, la lumière allumée. Elle s'assoupit parfois, mais se réveille toujours en sursaut, incapable de se détendre complètement, incapable d'échapper au noir nuage qui embrume ses rêves.

«C'est tout à fait incroyable! pense-t-elle. Pourquoi croit-il que c'est correct de me suivre partout et de m'espionner? Qu'est-ce qui se passe dans sa tête?

«Et si ce n'était pas Johan?»

Axelle se réveille brusquement quelques secondes avant que son réveil sonne. Elle prend une douche et se prépare pour l'école, tandis que cette phrase résonne dans son cerveau: «Et si ce n'était pas Johan?»

Que Johan la suive et l'observe, c'est pénible, mais elle le connaît. Elle peut se défendre contre lui.

Mais si tout ça était l'œuvre d'un étranger…

Elle prépare son lunch en réfléchissant: elle ne pourra appeler un vitrier qu'après neuf heures, lorsqu'elle sera à l'école.

Chapitre 9

— Je ne crois pas aux pressentiments, affirme Thalie, tandis qu'elles entrent ensemble dans l'école.

— J'en ai eu un et il disait vrai, dit Axelle. Tu dois y croire, maintenant.

— Ce que je crois, c'est que tu es nerveuse parce que vos parents ne sont pas là. C'est une simple coïncidence si Johan a choisi la nuit dernière pour essayer d'entrer chez toi ou alors il sait que vos parents sont partis et il en profite.

— Et si ce n'était pas Johan ?

— Tu penses que c'est quelqu'un d'autre ? s'étonne Thalie.

— Je ne sais pas. Logiquement, ça doit être Johan, mais ça pourrait être quelqu'un d'autre. Comme la voiture qui est apparue tout à coup aurait pu être n'importe laquelle. La seule chose qui limite les possibilités, c'est le message. Ce n'est pas impossible qu'un parfait étranger l'ait mis dans mon livre sans que je m'en aperçoive, mais ça aurait été difficile.

— Je dois aller en classe. On dîne ensemble ?

— Bien sûr.

Axelle manque le premier cours pour téléphoner à différents vitriers. Aucun ne peut passer avant le jeudi après-midi. Elle prend rendez-vous, tout en essayant de se convaincre que des planches sont plus solides qu'une vitre.

À l'heure du dîner, elle rejoint Thalie et lui dit :

— Il faut que je sache si c'est Johan.

— Tu vas l'interroger ?

— Non. J'ai pensé à ce que tu m'avais dit... à propos d'un gars qui se fait payer pour ouvrir les casiers. C'est qui ?

— Je ne sais pas. Qu'est-ce que tu veux faire ?

— Jeter un coup d'œil dans le casier de Johan. Il n'est pas le seul qui peut jouer à l'espion.

— Peut-être que ces gars-là sont au courant. Je vais leur demander, dit Thalie en se dirigeant vers un groupe d'élèves.

Au bout de dix minutes, elle revient en compagnie d'un élève de première secondaire qu'elle présente à Axelle :

— Voici Georges !

— Dix dollars. Et je n'ai rien fait, déclare-t-il.

— Quoi ? demande Axelle.

— Si on te pose des questions, ne dis pas que c'est moi, je nierai tout.

Georges introduit une mince tige de métal flexible dans la fente de la porte près du verrou. Il l'agite en tous sens, puis la pousse vers le haut. Le verrou s'ouvre.

— Je ne fais pas ça souvent, dit-il modestement. Surtout en début d'année quand certains oublient la combinaison de leur casier.

Il s'en va, le dix dollars d'Axelle en poche.

— Et si tu te fais prendre ? demande Thalie en jetant des regards autour d'elle.

— Ça ne me fait rien. Je passe à l'attaque. J'en ai assez de me faire surveiller par Johan et qu'il essaie d'en savoir le plus possible sur moi. C'est le temps que j'en apprenne un peu plus sur lui.

— Fais ça vite !

Axelle ouvre la porte du casier et laisse échapper un sifflement.

— Thalie, regarde ça !

Chapitre 10

L'intérieur du casier de Johan est entièrement tapissé de photos d'Axelle. Elle en reconnaît plusieurs provenant de l'album-souvenir de l'année précédente, mais d'autres ont été prises à son insu.

Elle tâte les poches de la veste de Johan.

— Qu'est-ce que tu fais? lui demande Thalie. Ferme le casier et allons-nous-en.

— Regarde! Les clés de sa camionnette, dit Axelle en riant.

— Tu ne peux pas les prendre!

— Je viens de le faire. Ne t'inquiète pas, je les remettrai à leur place.

Elle met les clés dans sa poche, puis feuillette un des livres posés sur la tablette.

— Regarde! dit-elle en tendant le livre ouvert à son amie.

— Encore des photos!

— Collées dans son livre!

Axelle feuillette un deuxième livre, et un troisième.

— Quel obsédé !

— Qu'est-ce que je t'avais dit ? dit Thalie d'un ton triomphant.

Elle prend les livres des mains d'Axelle, les replace sur la tablette et dit fermement :

— Maintenant, allons-nous-en !

Axelle se sert d'un bout de carton plié tel que Georges le lui a expliqué pour empêcher le loquet de se refermer, puis repousse la porte.

— Ça dépasse la flatterie, dit-elle. C'est malade.

— Au moins, Johan a eu le bon goût de te choisir comme sujet d'obsession, dit Thalie en éloignant son amie du casier.

— Je ne me sens pas flattée. Je me sens envahie. Allons fouiller sa camionnette.

Mais en tournant un coin, elles tombent nez à nez avec Johan qui recule en s'excusant, mais ne s'éloigne pas.

— Il ne t'a pas vue à la cafétéria, chuchote Thalie. Je parie qu'il t'a cherchée partout.

— Puisqu'on ne peut pas aller à sa camionnette maintenant, allons manger.

— Tu dois rapporter ses clés avant qu'il se rende compte qu'elles ont disparu.

— Ne t'en fais pas, je trouverai un moyen.

Ayant obtenu la permission de quitter sa classe pendant l'étude, elle sort de l'école.

Elle est encore en colère à propos de l'intrusion de la veille mais, en arrivant au terrain de stationnement, elle hésite. Entrer dans la camionnette de Johan semble pire que de demander à Georges d'ouvrir le casier.

« Ce n'est pas une effraction, se raisonne-t-elle. Tout ce que je fais, c'est ouvrir la portière et regarder à l'intérieur. »

Autour d'elle, des élèves circulent car ils n'ont pas tous le même horaire ; de plus, certains assistent à des ateliers tenus ailleurs et attendent l'autobus devant les y amener.

Axelle se sent exposée aux regards. Il n'y a pas moyen d'examiner la camionnette sans être vue. Mais revoyant en pensée toutes les photos d'elle que Johan a en sa possession, elle se dit : « Je dois le faire, et tout de suite. La première règle quand on fait quelque chose de mal, c'est de se comporter normalement. Pas de regards furtifs, ça attire l'attention. Agis comme si c'était ton propre véhicule. »

Elle soupire. « Sauf que je ne sais même pas quelle camionnette est celle de Johan. »

Elle examine le terrain de stationnement. « Il ne paraît jamais aussi grand quand je cherche un endroit où stationner », pense-t-elle en examinant les rangées de voitures, parmi lesquelles elle repère au moins six camionnettes bleues. « Je les essaierai toutes, s'il le faut ! » se dit-elle en s'approchant de celle qui est la plus proche.

Il y a un couple à l'intérieur. Axelle passe vite devant.

— Bonjour, Axelle ! Je peux te déposer quelque part ?

C'est la voix de Clément. Axelle se retourne, surprise. Elle n'a pas entendu sa voiture approcher.

« Correction ! pense-t-elle. Sa camionnette... bleue ! »

— Bonjour, Clément.

« Il m'a parlé ! » pense-t-elle, enchantée.

— Tu veux aller quelque part ?

La vitre de sa portière est baissée, son bras est posé négligemment sur le cadre.

Il sourit et Axelle, de nouveau stupéfaite, lui rend son sourire. « Qu'est-ce qui m'attire chez lui ? se demande-t-elle. Il n'est pas incroyablement beau, mais ce sourire timide... » S'apercevant qu'elle le fixe sans rien dire, comme une idiote, elle s'empresse de répondre :

— Oh ! je me promène tout simplement !

« Je ne peux pas être plus claire », ironise-t-elle en pensée.

Clément hoche la tête d'un air perplexe.

Axelle se sent rougir. Elle a l'impression que, dans sa poche, les clés de Johan brûlent. « J'ai envie de monter dans la camionnette de Clément, s'avoue-t-elle. C'est la première fois que j'ai l'occasion d'être seule avec lui. »

— Où vas-tu ? lui demande-t-elle.

— En fait, je reviens. Mais j'ai une permission : alors je me disais que si tu avais besoin qu'on te conduise quelque part, je serais un petit peu plus en retard, c'est tout. Où est-ce que tu voudrais aller ?

Axelle, hésitante, tâte les clés de Johan dans sa poche.

— N'importe où. Ailleurs, répond-elle.

— Monte !

Axelle passe rapidement à l'avant de la camionnette. Alors qu'elle saisit la poignée de la portière, son cerveau reconnaît le petit symbole qu'elle vient de voir sur le capot. Des ovales stylisés représentant une tête de taureau.

Le symbole Toyota.

« Oh oh ! se dit-elle. Qu'est-ce que je suis en train de faire ? Dans quoi est-ce que je m'embarque ? Est-ce que je pourrai m'en sortir ? »

Elle reste la main en l'air.

Est-elle sur le point de faire une chose incroyablement stupide ?

Chapitre 11

Clément, penché sur le siège, jette à Axelle un regard surpris.

— Ça ne va pas?

— Tu as une Toyota bleue.

— Qu'est-ce que tu n'aimes pas? La couleur bleue ou les Toyota?

— Ni l'une ni les autres. Je veux dire…

Ne sachant pas comment lui expliquer, elle se contente d'ouvrir la portière et de s'asseoir en demandant:

— Tu peux t'arrêter une minute à la porte de côté? Je dois aller chercher quelque chose dans mon casier.

— O.K.

Clément gare la camionnette devant la porte. Axelle se précipite dans l'école et se hâte vers le casier de Johan. Elle en saisit la poignée et la pousse vers le haut.

La poignée reste bloquée à mi-chemin et la porte refuse de s'ouvrir. Axelle essaie en vain plusieurs fois. « Est-ce que Johan a trouvé le bout de carton ? se demande-t-elle. Est-ce que je l'ai mal mis ? »

— Hé ! Qu'est-ce qui se passe ?

Le cœur d'Axelle se serre. Elle jette un coup d'œil par-dessus son épaule et en crie presque de soulagement lorsqu'elle se rend compte que la question ne lui est pas adressée. Jusqu'à présent, personne n'a fait attention à elle. Mais elle sait qu'elle ne peut pas rester trop longtemps à essayer d'ouvrir le casier de Johan.

Elle prend les clés dans sa poche et les glisse par les trous de ventilation de la porte. Elle a un moment de panique lorsqu'elle a l'impression que les clés ne passeront pas, mais en tortillant l'anneau qui les retient, elle les force à entrer.

Elle les entend tomber sur le plancher à l'intérieur du casier.

Ensuite, elle court à son propre casier pour prendre ses affaires et s'élance rejoindre Clément.

Devant la porte extérieure, elle fait une pause. Sortir pendant la période d'étude pour effectuer une enquête quasi légitime est une chose. Manquer son dernier cours pour se promener avec un garçon en est une autre.

« C'est seulement les arts plastiques. Et je déteste ce cours », se dit-elle. Elle pousse la porte.

Clément l'emmène aux limites de la ville, dans un modeste quartier d'affaires. Il achète quelques provisions dans une petite épicerie.

— Je travaille près d'ici, dit Axelle. À la boutique *Au naturel*.

— Qu'est-ce que c'est?

— Un magasin d'aliments naturels. Tu sais, on y vend des vitamines, des pains de grains entiers, des produits organiques.

— Hum! J'ai sans doute fait une erreur de jugement alors, dit Clément en montrant le sac de provisions derrière eux.

Axelle en examine le contenu et lui dit en souriant:

— C'est pas trop bon. Mais c'est bien d'y avoir pensé.

Clément entre dans le terrain de stationnement minable d'un édifice abandonné. Il évite prudemment des blocs de ciment brisés et des trous.

— C'est ici que tu m'emmènes? demande Axelle en regardant l'énorme bâtisse aux vitres cassées, aux portes placardées et aux murs défoncés.

— C'était une papeterie, explique-t-il. Il y a eu un incendie... dans les années quarante, je pense, et des ouvriers n'ont pas réussi à sortir. Ils sont morts brûlés. L'usine a été rouverte après ça, mais il y a encore eu un incendie dans les années soixante et elle a été abandonnée.

Il gare la camionnette et dit:

— Je ne sais pas pourquoi, mais j'aime cet endroit.

Il saisit le sac de provisions et sort de la camionnette en disant:

— Viens ! Je veux te montrer quelque chose.

Tous les avertissements qu'Axelle a jamais entendus se mettent à retentir dans sa tête comme des sonneries d'alarme.

«Personne ne sait où tu es... Personne ne sait que tu es avec Clément ! »

Le garçon vient ouvrir la portière d'Axelle. Il lui sourit, les yeux pétillants.

— C'est mon coin secret, lui dit-il.

«C'était peut-être toi à ma fenêtre hier soir, lui dit-elle en pensée. Et tu aurais pu mettre le message dans mon livre. »

— Je l'ai découvert il y a quelques années et je n'ai jamais vu personne par ici. C'est mon refuge secret.

«Tu as peut-être essayé de m'écraser. »

Clément lui tend la main pour l'aider à descendre.

Axelle fixe cette main forte, large... puissante... Elle l'imagine posée sur le volant, dirigeant la voiture droit sur elle. Elle imagine cette main tâtonnant dans le noir pour trouver l'échelle.

Le sourire de Clément s'efface et Axelle sait qu'elle ne peut pas rester assise. Le temps ne s'est pas figé, même si elle a l'impression que son corps l'a fait.

Elle doit répondre au sourire de Clément, descendre... et courir avant qu'il la saisisse.

Chapitre 12

— Qu'est-ce qu'il y a? demande Clément.

Axelle plonge son regard dans les yeux inquiets du garçon.

— Est-ce que ça va? lui demande-t-il encore. Veux-tu qu'on retourne à l'école?

«Pourquoi me voudrait-il du mal? se demande-t-elle. Ça ne peut pas être Clément.»

Elle lui adresse un lumineux sourire et lui prend la main en disant:

— Je suis parfois distraite. Allons explorer cet endroit.

Il garde sa main dans la sienne, les balançant tout en marchant.

— En fait, maintenant qu'on est ici, je me sens stupide. C'est un refuge d'enfant. Je venais à bicyclette quand j'avais neuf, dix ans. Tu sais comme on désire avoir un endroit secret quand on est jeune.

Axelle aime sentir sa main dans la sienne; elle aime marcher avec lui. Ses doutes s'évanouissent, tandis qu'ils traversent le terrain envahi par les mauvaises herbes.

Clément s'assoit près d'une longue haie de buissons non taillés qui devaient autrefois marquer les limites du jardin. Avec un sourire, il écarte une branche et se glisse sous le premier buisson en faisant signe à Axelle de le suivre.

Elle se glisse à sa suite et se retrouve dans un tunnel. Deux rangées de buissons ont poussé côte à côte ; leurs cîmes, se touchant, laissent une allée entre eux, un long tunnel sombre assez haut pour qu'on puisse s'y asseoir et ramper à travers.

— J'adore ça ! dit-elle en souriant à Clément. C'est magique !

— C'est pas trop stupide alors de te l'avoir montré ?

— Pas du tout ! Comment tu l'as trouvé ? Comment as-tu eu l'idée de regarder dans une haie ?

— Le mérite de la découverte ne me revient pas, admet Clément. Un jour, mon chien est entré ici et je l'ai suivi.

Beaucoup de feuilles sont tombées, mais Axelle peut imaginer quelle cachette ombreuse ça doit faire en été.

— Alors ? Veux-tu en parler ? lui demande Clément.

— Parler de quoi ?

— Tu es nerveuse, inquiète. Tu as des ecchymoses au visage et une coupure à la main. Est-ce qu'on t'a fait du mal ? Avant de descendre de la camionnette, tu m'as regardé comme si j'étais un meurtrier. Ce n'est peut-être pas de mes affaires, mais je me fais du souci à ton sujet. Si tu as besoin d'aide, je suis là.

Axelle ne peut s'empêcher de lui dédier un magnifique sourire. Son offre est si inattendue et si gentille !

— Merci ! dit-elle.

— Je suis sincère. Quand une personne à laquelle on tient a des ennuis, on veut faire quelque chose.

Ces paroles trouvent un écho dans la mémoire d'Axelle. Bertrand lui a dit des mots semblables.

Clément enlève une feuille accrochée à la manche d'Axelle et la lui tend comme un cadeau en disant :

— Alors donc, si je peux faire quoi que ce soit, tu me le dis, d'accord ?

Axelle met la feuille dans la poche de sa veste. Elle se demande si elle doit tout raconter à Clément. Il lui a à peine parlé jusque-là et maintenant que des événements étranges se produisent…

— Pourquoi est-ce que tu t'inquiètes pour moi soudainement ? lui demande-t-elle franchement. Pourquoi me parles-tu aujourd'hui ? Pourquoi pas la semaine passée ou il y a un mois ?

— Je voulais te parler depuis que l'école a commencé, dit-il, les yeux baissés. Mais je ne savais pas comment t'aborder. C'est difficile de parler à une fille pour la première fois. Et je n'ai jamais eu l'air de t'intéresser. Aujourd'hui, j'avais une raison de te parler et l'occasion de le faire. Alors j'en ai profité.

Le visage inexpressif, il la regarde et dit :

— Excuse-moi, ce n'était pas une bonne idée. Viens. Je vais te ramener.

— Pas question ! Tu crois que tu peux m'allécher avec des amandes et du jus de pomme et ensuite les garder pour toi tout seul ? blague-t-elle.

Clément sort les victuailles du sac et lui tend un sachet d'amandes avec un grand sourire.

— Ça fait longtemps que tu t'intéresses aux aliments naturels ? lui demande-t-il.

— Je n'en mangeais pas quand j'étais petite. Mes parents ne m'en ont jamais servi. Puis… j'ai développé une curiosité pour ce type de nourriture. Alors j'ai beaucoup lu sur le sujet.

— Qu'est-ce que les amandes contiennent de si bon ?

Elle lui jette un regard vif pour s'assurer qu'il ne se moque pas d'elle. Son visage exprime un intérêt sincère.

— Les amandes contiennent des protéines naturelles et des fibres, lui explique-t-elle. Elles contiennent aussi beaucoup de gras, mais il est probable qu'elles aident à prévenir le cancer. Comme les fruits et les légumes frais, les céréales de grains entiers.

— C'est comme manger une poignée de grains de blé ?

— Non.

Axelle hésite à poursuivre son explication : elle ne sait jamais jusqu'à quel point les gens sont intéressés à en savoir plus, sauf les clients du magasin, bien sûr. Eux sont toujours curieux d'en apprendre davantage. Tous les autres semblent vouloir en savoir juste assez pour se moquer de son régime.

— Excuse-moi, je dis toujours ce qu'il ne faut pas, dit Clément. Tu me plais, Axelle. Je voulais te le dire, t'inviter à sortir. Je cherchais comment m'y prendre ; j'aurais trouvé un moyen, à un moment donné. Mais tu es arrivée à l'école couverte de bleus et l'air effrayée. J'étais certain que tu avais eu des ennuis et j'ai décidé d'essayer de t'aider. Alors quand je t'ai vue dans le stationnement et que tu as accepté de m'accompagner, j'ai décidé de t'emmener ici. Et j'ai posé toutes les mauvaises questions. Est-ce qu'on peut recommencer ?

— Ma mère est morte du cancer quand j'avais huit ans, raconte vivement Axelle. Il fallait que je sache pourquoi elle avait eu un cancer, pourquoi elle en était morte, mais personne ne pouvait répondre à ces questions. Alors j'ai commencé à lire tout ce qui traitait du sujet.

Axelle serre les dents et se détourne de Clément et de la pitié qu'elle pourrait voir dans ses yeux. Elle poursuit :

— Je ne pouvais pas la ressusciter et lui offrir une vie sans cancer. Mais moi, je pouvais vivre ce genre de vie. J'essaie d'éviter d'avoir un cancer.

C'est tout. Je sais que ça paraît stupide d'une certaine façon parce que, même si j'ai une alimentation saine, que je fais de l'exercice, que je médite et que je prends des vitamines, personne ne peut m'assurer que c'est suffisant.

— Je comprends pourquoi tu essaies en tout cas.

— C'est pour ça que je suis susceptible quand il est question d'alimentation, dit Axelle en se demandant à quel point ça doit sembler stupide aux oreilles de Clément. Et pour ce qui est des bleus et de ma nervosité… eh bien, on dirait que quelqu'un me veut du mal.

— Qui?

— Je n'en sais rien. Maintenant, rentrons.

Clément lui prend la main. Elle résiste d'abord, voulant le tenir à l'écart. Elle n'a jamais avoué à personne la raison pour laquelle elle surveille son alimentation. L'aveu la rend timide, comme si elle en avait trop dit.

Mais quand il la serre dans ses bras, ça lui paraît correct. Et ça lui fait du bien.

— Je suis désolé que ta mère soit morte, murmure-t-il. C'est tellement dur de perdre quelqu'un qu'on aime.

Axelle ferme les yeux pour retenir ses larmes sur le point de jaillir. «La douleur d'avoir perdu une personne aimée devient plus facile à supporter avec le temps, pense-t-elle. Mais elle ne disparaît jamais complètement.»

Clément s'écarte d'elle et essuie les larmes sur ses joues.

— Parle-moi de l'autre problème : on cherche à te faire du mal ? Qu'est-ce qui se passe ?

Sur le chemin du retour vers l'école, Axelle lui raconte ce qui est arrivé : son pressentiment, la camionnette fonçant dans la neige, le message brutal et la vitre brisée dans sa chambre. Mais elle ne mentionne pas la découverte faite dans le casier de Johan.

— Je ne sais pas quoi penser, dit Clément, alors que son véhicule entre dans le stationnement de l'école. Ça me semble pas mal grave. Où as-tu garé ton auto ?

— Hum...

Axelle examine le vaste terrain puis, pointant du doigt un espace vide, elle s'écrie :

— Là ! Je l'avais garée là ! La Subaru a disparu !

Chapitre 13

— Quelqu'un d'autre a la clé?

— Ma belle-mère en garde une de rechange à la maison. Mais Bertrand a sa propre auto, alors il n'aurait aucune raison d'avoir pris la mienne.

— Sauf s'il a eu des problèmes. Est-ce que tu vois son auto?

— Non, mais elle devrait y être. Il a un entraînement de natation après ses cours. Son auto aussi a disparu.

— Je te ramène chez toi? Veux-tu aller au poste de police?

— Laisse-moi d'abord aller me renseigner à l'administration. Il y a peut-être un message pour moi. Il doit y avoir une explication.

Clément la suit aux bureaux de l'administration, mais la secrétaire n'a aucun message pour Axelle. Celle-ci court jusqu'à son casier: pas de message là non plus.

— Je vais à la piscine. Peut-être que Bertrand avait besoin des deux voitures.

Sur la porte close de la piscine, un message est affiché : « Entraînement annulé. À demain. »

— Ça explique pourquoi la voiture de Bertrand n'est pas là, dit Axelle en se laissant aller contre le mur, la tête basse. Je n'en reviens pas ! C'est l'auto de ma belle-mère !

— On va chez toi, alors ?

— Ouais.

Elle se redresse et suit Clément. « C'est trop ! se dit-elle. En plus de tout le reste, l'auto est volée ! »

La voiture de Bertrand est garée devant leur maison. Axelle redoute l'instant où elle va devoir apprendre à celui-ci que la Subaru de sa mère a été volée.

Elle dit au revoir à Clément, puis rentre affronter Bertrand.

— Est-ce que tu l'avais fermée à clé ? demande-t-il en faisant les cent pas dans le salon. Ma mère va nous tuer ! Cette auto était son bébé ! Est-ce que ça se pourrait que tu l'aies garée ailleurs ou que tu l'aies prêtée à quelqu'un ?

— Je m'en souviendrais si je l'avais prêtée ! Fiche-moi la paix, Bertrand ! Je n'ai rien fait de mal. Quelqu'un l'a prise et je n'y suis pour rien. J'ai fermé les portières à clé, je l'ai garée dans le terrain de stationnement, là où tu laisses ton auto chaque jour, dois-je ajouter. Je suis aussi furieuse que toi de ce qui est arrivé, mais qu'est-ce que tu attends de moi ?

Elle rapporte le vol à la police, puis elle appelle

tous les élèves qu'elle connaît. Aucun n'a rien vu. Thalie se montre compatissante, mais refuse de croire que le vol est une preuve de la véracité du pressentiment d'Axelle.

— Oh non! s'écrie Axelle en raccrochant.

— Quoi? Qu'est-ce qui ne va pas encore? demande Bertrand.

— Le vitrier! Il doit venir demain à treize heures. Je voulais revenir en auto pour arriver à temps. Bon, je vais devoir jogger pour venir dîner à la maison, puis l'attendre.

La colère s'efface du visage de Bertrand.

— J'ai oublié que ta vitre est brisée, excuse-moi. Je te crie après comme si c'était ta faute.

Il lui tourne le dos pour regarder par la fenêtre. Au bout d'une minute, il se retourne vers elle et dit:

— Tu ne peux pas dormir dans ta chambre. Il y fait trop froid et puis, tu n'y es pas en sécurité. Celui qui a brisé la vitre savait que c'était ta fenêtre. Ça me fait peur. S'il te plaît, ne dors pas là.

— Est-ce que tu as acheté un verrou pour la porte du hangar?

— Oui, mais je ne l'ai pas encore installé. Excuse-moi. Si tu veux, je vais le faire tout de suite.

— Non! J'aimerais mieux que tu l'installes sur la porte de ma chambre, à l'extérieur.

— Je comprends! S'il entre dans ta chambre, il ne pourra pas aller dans le reste de la maison pour te trouver.

— Ça n'ira pas ! gémit Axelle.

— Pourquoi pas ? C'est parfait !

— Non, à cause des gonds ! Ils sont à l'intérieur de la chambre. Il n'aura qu'à les enlever et à ouvrir de ce côté-là. Qu'est-ce qu'on va faire ?

— La quincaillerie est encore ouverte. Allons voir ce qu'on peut trouver pour verrouiller ta porte.

— À quoi ça sert ?

— Je veux que tu sois en sécurité !

— Bertrand, il y a d'autres fenêtres. Il faudrait toutes les barricader et verrouiller toutes les portes.

— Passe la nuit chez Thalie, suggère Bertrand, le regard aussi grave que celui d'Axelle.

Celle-ci soupèse la suggestion : « Je mettrai peut-être la vie de Thalie en danger si je vais chez elle, mais ses parents sont là. Est-ce que ce ne serait pas plus sécuritaire ? Sans doute, mais est-ce que je peux prendre le risque de leur faire tous courir un danger ? Qui me persécute ? Pourquoi ? Que me veut-il ? »

— Si je dormais au sous-sol ? propose-t-elle.

Ils vont examiner les lieux et constatent que les gonds sont à l'extérieur.

— Ça n'ira pas, dit Axelle. Le garage, peut-être ?

Le problème est le même.

Axelle est découragée.

— Attends une minute ! dit Bertrand. Les gonds des portes des deux salles de bains sont du bon côté. Si on installe un verrou à l'intérieur, tu seras en sécurité. Il n'y a pas non plus de fenêtres. C'est parfait !

— Et toi ?

— Ce n'est pas ma vie qui est en danger.

— Si quelqu'un entre par effraction et te trouve en me cherchant, tu crois que tu ne seras pas en danger ?

— Tu as raison. Je vais aller acheter un deuxième verrou pour l'autre salle de bains. Je prendrai celle du premier ; toi, installe-toi dans celle-ci. Quelle joyeuse nuit on va passer enfermés dans les toilettes ! Ce sera comme faire du camping.

— Je suis désolée, Bertrand. C'est mon problème et voilà que tu es pris dedans, toi aussi.

— C'est pas ta faute. Ça ne me dérange pas... tant que les parents ne mettent pas tout le blâme sur moi.

— Ne leur disons rien !

— Ce sera impossible de leur cacher qu'on a installé des verrous aux portes des salles de bains.

Axelle éclate de rire. Bertrand se joint à elle et ça leur fait du bien de rire un moment ensemble. Ça les détend. Puis Axelle passe du rire aux larmes.

— C'est terrible ! sanglote-t-elle.

— Je vais à la quincaillerie, annonce Bertrand.

S'étant éloigné, il revient sur ses pas pour tapoter maladroitement l'épaule d'Axelle en disant :

— Tout ira bien.

Axelle ne réplique rien, mais elle ressent profondément la fragilité de leur protection. « Une maison, ça semble si sécuritaire, se dit-elle. Avec ses murs et ses portes, et ses fenêtres verrouillées. Et pendant ce temps, tout ce qu'il y a entre nous et le monde extérieur, c'est un mince panneau de verre. »

Elle met son chat dans le garage, lui donne à manger et s'assure que la porte du garage est bien fermée. La chatière est étroite ; un être humain pourrait seulement y passer un bras. Axelle enlève tout ce qui pourrait se trouver à portée de bras.

Dans la maison, elle vérifie que chaque fenêtre est fermée et que les stores sont tirés, bien qu'elle sache que c'est futile. Elle baisse le chauffage et prépare du jus d'orange pour le lendemain matin, ainsi que tout ce qu'il faut pour le café de Bertrand et son thé à elle.

« Je devrais me sentir mieux maintenant, pense-t-elle en transportant un oreiller et des couvertures dans la salle de bains. Je devrais avoir l'impression que j'ai pensé à tout, que la maison est barricadée et que je peux dormir sur mes deux oreilles. C'est ridicule. Je ne me sens pas en sécurité. »

Elle choisit des vêtements pour le lendemain et les apporte dans la pièce. Elle installe un lit improvisé sur le plancher et se met en pyjama. Après avoir fait sa toilette et verrouillé la porte, elle vérifie qu'elle a tout ce qu'il lui faut pour l'école.

« La sécurité, quel concept fragile ! se dit-elle. Est-ce qu'un jour, je me sentirai de nouveau en sécurité ? »

Malgré la lumière allumée, Axelle s'endort profondément. Un tambourinement sur la porte la réveille en sursaut.

— Tu ferais mieux de te lever et de venir voir ça ! crie-t-on de l'autre côté de la porte.

Chapitre 14

Axelle sait que c'est la voix de Bertrand, mais elle est incapable de bouger. Elle ne veut pas y aller. Elle ne veut pas voir une autre horreur. Elle veut seulement dormir, rêver, oublier son persécuteur et ce qu'il essaie de lui faire.

Finalement, elle s'étire et regarde l'heure à l'horloge de la salle de bains. Six heures trente ! Elle a dormi toute la nuit !

— O.K. Je viens ! dit-elle d'une voix rauque.

« J'ai survécu pendant la nuit, pense-t-elle. C'est déjà ça. »

— Mets tes chaussures, la prévient Bertrand.

Elle les met, ainsi que sa robe de chambre, et ouvre la porte.

Bertrand paraît avoir couru le marathon : son visage est en sueur, ses cheveux, en broussaille, et ses yeux, écarquillés.

— Qu'est-ce qu'il y a ? demande Axelle.

— Viens voir.

Elle le suit.

— Je suis venu examiner ta chambre, dit-il encore. Regarde.

Axelle ouvre la porte et en a le souffle coupé. Les planches clouées devant sa fenêtre ont été arrachées. Sa chambre est sens dessus dessous : ses vêtements sont éparpillés partout, sa commode est renversée, ses produits de maquillage et son parfum ont été versés sur tout.

Elle pousse un hurlement de rage.

— Rien d'autre n'a été touché dans la maison, l'informe Bertrand. Il me semblait... Il me semblait avoir entendu du bruit pendant la nuit, mais je me suis rendormi. Oh ! Axelle ! Je t'ai vraiment laissée tomber ! Je voulais rester aux aguets, mais j'étais tellement fatigué. Je me suis couché dans la baignoire en me promettant de rester éveillé. Et maintenant, regarde !

— Ce n'est pas ta faute, Bertrand. Je suis contente que tu te sois rendormi. Tu aurais pu être blessé. Je ferais mieux d'appeler la police.

« Je le lui ferai payer ! rage-t-elle intérieurement. Qui qu'il soit, il me le paiera ! »

— Va à tes cours, dit-elle à Bertrand. J'attendrai la police et le vitrier. Ça ira.

— Ça ira ? Tu trouves que ça a l'air d'aller ?

— Va déjeuner. Va chercher tes amis et allez à l'école.

— Je me trouvais génial avec mes verrous. Ça n'a rien empêché.

— On est tous les deux en vie, grâce à toi. Vas-y, Bertrand. Tu dois te concentrer sur tes études. Je m'occupe des dégâts.

Bertrand va prendre une douche et déjeune. Avant de partir, il revient près d'Axelle pour lui dire :

— Merci de t'occuper de tout !

— J'ai bien dormi la nuit dernière. Je n'ai rien entendu. Je me suis sentie en sécurité. Tu as fait du bon travail.

— Ouais. Est-ce que tu penses qu'on devrait appeler les parents ?

— Je vais en parler aux policiers. Voyons ce qu'ils me suggéreront. Préviendrais-tu Thalie pour qu'elle ne s'inquiète pas de ne pas me voir à l'école.

— D'accord, j'essaierai de la trouver.

— Merci.

Axelle comprend ce que Bertrand n'a pas dit : les élèves de son niveau ne fréquentent pas les mêmes endroits que les gens ordinaires, comme Axelle et Thalie.

Elle déjeune de rôties de pain de grains entiers, d'un yogourt saupoudré de germe de blé et de thé noir. Elle aimerait nettoyer les dégâts dans sa chambre, mais elle ne veut rien déplacer sur la scène du crime. Il pourrait y avoir des empreintes digitales. Il pourrait y avoir des indices.

La sonnerie du téléphone la fait sursauter.

— Allô ! dit-elle.

— Allô, Axelle ! C'est Clément. J'ai entendu

dire que ta maison a été saccagée. Est-ce que c'est vrai? Est-ce que ça va? Veux-tu que je vienne?

Elle se détend en imaginant le sourire de Clément, ses yeux bleus si chaleureux. Elle aimerait plus que tout sentir ses bras autour d'elle, l'étreignant pour la rassurer.

«Rien n'est rassurant!» se rappelle-t-elle.

Par la fenêtre, elle voit une auto-patrouille s'arrêter devant sa maison.

— Clément? La police vient d'arriver. Je vais bien. Je te parlerai plus tard, d'accord?

Elle va ouvrir aux policiers. Ils sont deux: un homme et une femme. Ils paraissent nerveux, comme s'ils soupçonnaient que l'appel d'Axelle est une blague ou que l'intrus est encore à l'intérieur.

La même pensée lui vient à ce moment-là.

— Je ne suis pas descendue au sous-sol, dit-elle. Mais j'ai regardé dans tout le reste de la maison. Ma chambre est par ici. C'est là qu'il y a des dégâts.

Les policiers inspectent partout avant d'entrer dans la chambre d'Axelle.

— As-tu touché à quelque chose? lui demande la policière.

Axelle secoue la tête. Elle leur parle de la vitre brisée la veille, de l'absence des parents et de la nuit passée dans la salle de bains.

— Tu devrais prévenir tes parents, dit la policière. Est-ce qu'on n'a pas rapporté un vol de voiture à cette adresse?

— Elle a été volée à l'école.

— On va chercher des empreintes, dit le policier. Mais les cambrioleurs portent tous des gants ces jours-ci. On dirait que quelqu'un t'en veut.

— C'est peut-être une personne qui est au courant de l'absence de tes parents et qui pense que la maison est une cible facile, dit la policière.

« Bien sûr, pense Axelle. Il défonce MA fenêtre et il détruit MES affaires, mais il cherche seulement une cible facile. »

— Il n'a pas touché au reste de la maison, fait remarquer Axelle.

— Quelque chose l'a sans doute effrayé, dit le policier. Ou alors, c'est que tu es sa cible. Ça ressemble à un cas typique de vandalisme juvénile. T'es-tu disputée avec ton amoureux dernièrement? As-tu volé le petit ami d'une autre fille? Quelque chose du genre?

— Pas que je sache, répond Axelle, bien que le nom de Johan hurle dans sa tête pour qu'elle le prononce tout haut.

« Je n'ai pas la preuve de la culpabilité de Johan, se dit-elle. Mais j'ai bien l'intention de découvrir de qui il s'agit. Je vais mener ma propre petite enquête et, d'une façon ou d'une autre, je saurai si c'est lui. Aujourd'hui! Et je sais exactement comment je vais m'y prendre. »

Chapitre 15

— Pas besoin d'envoyer d'échantillons au labo, dit le technicien des empreintes.

— Qu'est-ce que vous voulez dire ? lui demande Axelle en jetant un regard découragé à la poussière grisâtre que le technicien a déposée partout dans la pièce.

« Ma chambre est un désastre total ! geint-elle intérieurement. Ce qui n'a pas été abîmé par l'intrus, l'a été par les policiers. »

— Les seules empreintes que je trouve sont les tiennes, dit le technicien. Tes parents et ton frère ne viennent pas ici souvent, hein ?

— Pas vraiment. C'est ma chambre.

— Je sais. Je ne te fais pas de reproches. C'est seulement qu'il n'y a rien à identifier. Je n'ai même pas besoin de spécimens d'empreintes des autres membres de ta famille.

— Merci quand même.

« À quoi est-ce que je m'attendais ? se demande Axelle. À ce que l'affaire soit élucidée instantanément? Le gars laisse des empreintes; les policiers les identifient et l'arrêtent?»

Après le départ du technicien, Axelle examine sa chambre.

«Mes affaires! Mon chandail préféré! Il est fichu. Le fond de teint et le parfum qui l'imbibent ne partiront pas au nettoyage.»

Elle ramasse tous les vêtements lavables qui sont tachés et éclaboussés de parfum, et les met dans la lessiveuse. Elle passe l'aspirateur et nettoie toute trace du passage de l'intrus.

Tout en nettoyant, elle peste et rage contre celui qui a osé lui faire ça. «Ma chambre est tellement sale! Ce qu'il m'a fait, c'est effrayant, minable, méchant, dégoûtant... C'est affreux!»

Thalie l'appelle et Axelle lui raconte ce qui s'est passé, puis elle ajoute:

— Je dois attendre le vitrier, mais je n'irai pas à l'école après ça. J'ai autre chose à faire. Je ne comprends pas ce qui se passe, mais je sais ce que je dois faire.

— Quoi? Axelle, laisse-moi t'aider.

— Te sens-tu prête à participer à une expédition chez Johan?

— Qu'est-ce que tu vas faire chez lui? Qu'est-ce que tu as trouvé dans sa camionnette?

Axelle lui raconte pourquoi elle a dû remettre les clés de Johan en place sans s'en être servie.

— Tu ne voudrais pas essayer encore de fouiller sa camionnette d'abord?

— Je crois que Johan soupçonne qu'on a ouvert son casier. Ça m'étonnerait qu'il y laisse encore ses clés.

— Je te retrouverai près de chez lui.

— Le vitrier doit venir à treize heures. Rencontrons-nous devant chez Johan à quatorze heures quinze. Si tu es sûre que tu veux venir. On aura moins d'une demi-heure avant qu'il rentre de l'école, mais ça devrait être suffisant.

À quatorze heures quinze, Axelle et Thalie se retrouvent devant la maison de Johan.

— Comment est-ce qu'on va s'y prendre? demande Thalie. La porte doit être fermée à clé. Et il y a peut-être quelqu'un dans la maison.

— On agit comme si tout était normal, répond Axelle en montant l'allée.

Elle sonne et, lorsqu'une femme vient répondre à la porte, elle lui dit:

— Bonjour! Johan a oublié des notes de cours dans sa chambre et je lui ai offert de les lui apporter.

— Oh! comme c'est gentil!

La femme a l'air perplexe mais, d'un geste de la main, elle montre l'escalier menant à l'étage et dit:

— C'est la première porte. Je suis en plein appel-conférence, alors si tu permets…

Axelle monte, suivie de Thalie qui pousse de petits cris alarmés. Elles s'arrêtent devant la première porte. Thalie saisit la manche d'Axelle et chuchote:

— Allons-nous-en ! J'ai peur !

— De quoi ?

— Je ne sais pas. Je me sens bizarre. Mon cœur bat fort. Ça ne me semble pas correct.

— Il me semblait que tu ne croyais pas aux pressentiments.

— Je n'y crois pas, mais…

— Moi, j'entre. Tu peux retourner chez toi si tu veux.

Axelle ouvre la porte et reste figée sur le seuil, bouleversée par ce qu'elle voit.

— C'est fou ! finit-elle par souffler.

Puis elle entre dans la chambre de Johan.

Chapitre 16

— C'est tellement bizarre ! dit Axelle en regardant tout autour d'elle.

La chambre est très grande et des photos d'Axelle sont placardées partout. Plus de cinquante d'entre elles sont de la taille d'affiches. Les espaces plus petits sont couverts de photos de vingt centimètres sur vingt-cinq centimètres. Des petites photos sont épinglées au moindre endroit libre.

— Regarde ! s'écrie Thalie.

À la tête du lit de Johan, une grande photo d'Axelle est « vêtue » d'un de ses survêtements qu'elle croyait disparus.

— C'est incroyable ! dit encore Thalie. Il a fait un calendrier où chaque mois est illustré par une photo de toi.

Axelle regarde alentour sans bouger du seuil de la pièce.

Thalie s'approche de l'ordinateur de Johan et l'allume.

— Qu'est-ce que tu fais ? demande Axelle.

— J'enquête. C'est pour ça qu'on est ici, hein?
Je t'ai suppliée de partir et tu n'as pas voulu. Alors,
puisque je suis ici, je fouille. Ah! Un fichier au
nom d'« Axelle ». Je l'ouvre? Oh! Seigneur!
Quelle séductrice tu fais, Axelle! Je ne te
connaissais pas sous cet aspect-là.

— Qu'est-ce que tu veux dire?

— Écoute ça. «Ses cheveux brillent dans un
rayon de soleil. Sa peau est si douce sous mes
doigts. Je retire ma main qui est sur son bras et je
plonge mes doigts dans ses boucles cuivrées.
J'approche son visage du mien. Ses yeux se ferment et nos lèvres se touchent. Axelle est à moi.
Elle me murmure qu'elle m'aime et...»

— Éteins ça!

— Mais ça devient meilleur ensuite.

— Éteins cet ordinateur!

Thalie a l'air vexée, mais elle obéit.

— Est-ce qu'il saura que tu as ouvert ce fichier?

— Je suppose que oui. Puis après? Je pensais
que tu t'en moquais qu'il sache qu'on est venues
ici. De toute façon, sa mère va donner notre
description.

— Je... Je n'aurais jamais deviné qu'on allait
découvrir tout ça. C'est malade!

Thalie va ouvrir la porte de la garde-robe de
Johan.

— Non! s'écrie Axelle. On s'en va. Viens,
Thalie!

Celle-ci proteste. Axelle sort de la chambre,

descend l'escalier et quitte la maison, sans s'assurer que son amie la suit. Elle a la nausée.

Elle entend la porte de la maison se refermer, mais ne se retourne pas pour voir si c'est Thalie ou la mère de Johan qui vient de sortir à sa suite. Au lieu de ça, elle se met à courir sans accorder d'attention à la direction qu'elle prend.

Il lui semble entendre crier son nom, mais elle poursuit son chemin. Elle a besoin d'être seule. Elle n'a pas envie de discuter de ce qu'elle vient de voir.

Elle est bouleversée.

«C'est comme si ce n'était pas réel, se dit-elle. J'étais épinglée sur tous les murs, comme une espèce de cobaye dans un laboratoire.»

Elle ne peut pas tirer de conclusion de l'expérience qu'elle vient de vivre; elle ne comprend pas ce qu'elle ressent. Tout ce qui est clair, c'est qu'elle est déchirée, horrifiée, ébranlée et, étrangement, qu'elle ressent de la sympathie... pour Johan.

«J'ai violé l'intimité de sa chambre, pense-t-elle. Je sais l'effet que ça fait et, même si c'est Johan qui a commencé, je n'aurais quand même pas dû l'imiter.»

Elle cesse de courir et cherche à reconnaître où elle est. Mais c'est un quartier où elle n'est jamais venue. Autour des maisons neuves, il n'y a pas encore d'aménagement paysager. Au coin de la rue, pas d'écriteau avec un nom de rue.

«Je suis perdue», se dit-elle en soupirant.

Devant une maison, deux petites filles jouent à la balle. Axelle s'approche d'elles.

— Bonjour ! lui dit une fillette. Tu es la vendeuse du *Naturel*.

Axelle la reconnaît alors : c'est la petite fille d'une cliente régulière du magasin.

— Oui, je m'appelle Axelle. Je vais demander à ta maman si je peux utiliser son téléphone.

— Oh oui ! tu peux ! Il est dans la cuisine. Je parle à mes amis des fois.

— Moi aussi, réplique Axelle en lui souriant.

Elle sonne à la porte et la dame qui vient lui ouvrir la reconnaît immédiatement.

Axelle lui explique qu'elle est perdue.

— Ce n'est pas étonnant, lui dit la dame. C'était un champ ici il y a quelques mois à peine. On est une des premières familles à emménager dans le coin. Mais je pensais que tu venais chercher ta voiture.

— Ma voiture ?

— Est-ce que ce n'est pas ta voiture qui est garée là-bas ? Je l'ai reconnue parce que je l'ai vue souvent devant le magasin. Je la surveillais de loin en attendant que tu viennes la chercher.

Axelle va voir la voiture que la dame pointe du doigt. C'est bien celle de sa belle-mère.

Et elle n'est pas bousillée.

Axelle a le réflexe d'ouvrir la portière, mais retire sa main en songeant aux empreintes.

— Je peux utiliser votre téléphone? demande-t-elle à la cliente.

Elle appelle la police puis, en attendant son arrivée, discute plaisamment des mérites des fibres et des meilleurs substituts du sucre raffiné.

Elle se sent avec la dame une parenté qui n'est possible qu'entre adeptes d'une même philosophie de vie.

Ce n'est qu'au bout d'une heure qu'un policier et un technicien se présentent. Ce dernier est celui-là même qui prenait les empreintes chez elle quelques heures plus tôt.

Tandis qu'elle fait son rapport au policier, le technicien va examiner le véhicule et revient bientôt en disant:

— Je n'ai rien trouvé et ce n'est pas fermé à clé.

— Tu as de la chance, dit le policier à Axelle. D'habitude, les autos volées sont conduites hors du pays et démontées pour être vendues en pièces détachées. Oublie le voleur et rapporte-la chez toi.

Axelle suit son conseil et gare la voiture dans le garage où elle sera en sécurité.

Bertrand n'est pas encore rentré, alors elle prépare une soupe nourrissante pour le souper. Tandis que le repas mijote, elle appelle Thalie:

— Excuse-moi de t'avoir laissée tomber, mais je n'en pouvais plus. D'abord, ma chambre est saccagée, puis je vois toutes ces photos de moi dans celle de Johan. Une seconde de plus et je perdais les pédales. Mais je regrette de m'être enfuie.

Il y a un long silence.

Dans le cours de leur amitié, elles se sont fâchées l'une contre l'autre, tour à tour, parfois pour des détails insignifiants, parfois pour des questions importantes.

Chaque fois, Axelle s'est demandé si c'était la fin de leur relation.

— Tu étais vraiment bizarre, finit par dire Thalie. Je ne sais jamais à quoi m'attendre avec toi. Tu étais déterminée à entrer dans cette maison ; tu étais convaincue qu'il fallait le faire et tu as insisté pour entrer, même quand j'ai suggéré de faire marche arrière.

— Je sais.

— Et puis au moment même où on trouve l'information qui pourrait nous aider, tu deviens bizarre et tu t'en vas. Et tu m'as laissée tomber !

— Je sais. Mais tu peux imaginer ce que ça te ferait si c'était toi qui étais affichée dans cette chambre ?

— Je l'ai imaginé ; c'est pour ça que je te pardonne. Et ça fonctionne dans les deux sens. Je suis sûre que tu me pardonnerais si je faisais quelque chose de bizarre. Ce que je veux vraiment savoir, c'est ce que tu comptes faire cette nuit. Comment vas-tu dormir ? Est-ce que je dois m'inquiéter pour toi ou si je peux aller à mon rendez-vous en paix ?

— Ton rendez-vous ?

— Je ne te l'ai pas dit ? Ce soir, je sors avec Raymond. Tu sais, un des gars du restaurant. Il a l'air gentil.

— Je me souviens à peine de ces gars-là.

— Raymond, c'est celui qui a des cheveux noirs et des yeux verts ; celui qui parlait de son chien.

— Hum. Je n'ai pas écouté ce qu'ils disaient.

— En tout cas, je trouvais ça mignon. La plupart des gars parlent d'eux-mêmes ou bien de voitures, de sport ou de filles. Mais Raymond parlait de son chiot. J'ai aimé ça. Alors, je lui ai donné mon numéro de téléphone et il m'a appelée. Je ne comprends pas que je ne t'en ai pas parlé.

— J'étais un peu préoccupée par d'autres choses.

— Ouais. Alors voilà, Bertrand peut garder pour lui sa beauté et ses muscles de nageur. J'ai toujours pensé qu'un gars sérieusement intéressé valait mieux qu'un «peut-être».

— Absolument.

— Je te quitte. Je dois me préparer. Mais rassure-moi que tu passeras la nuit en sécurité.

— J'ai survécu la nuit dernière. Je survivrai cette nuit.

Axelle raccroche et, tout en réchauffant des muffins de blé entier, se demande si elle survivra vraiment. Si la première nuit, l'intrus a brisé les vitres et que la deuxième nuit, il a saccagé sa chambre, que fera-t-il la troisième ?

D'un autre côté, la police est venue sur les lieux et son persécuteur a sans doute vu l'auto-patrouille devant la maison. L'humeur d'Axelle devient plus gaie. Il y a de bonnes chances que l'intrus se tienne à distance.

Lorsqu'elle se penche pour retirer les muffins du four, elle aperçoit quelque chose du coin de l'œil. Elle tourne vivement la tête.

La lumière du répondeur clignote.

C'est une bonne ou une mauvaise nouvelle ?

Axelle se force à marcher jusque-là et oblige son doigt tremblant à presser le bouton.

« Ce n'est pas fini », dit une voix.

Puis la machine redevient silencieuse.

Chapitre 17

Axelle presse le bouton pour réentendre le message.

« Ce n'est pas fini. »

Elle le réécoute encore et encore, cherchant à identifier la voix, essayant de comprendre.

« Ce n'est pas fini. »

« Qu'est-ce que ça veut dire ? se demande-t-elle. Est-ce une blague ? Est-ce qu'on s'acharne à me terroriser ? Est-ce une personne qui m'en veut vraiment ou quelqu'un qui m'effraie pour s'amuser ? Suis-je réellement en danger ? Pourquoi est-ce qu'on voudrait me faire du mal ? Je ne suis personne ! Allons, du nerf ! Occupe-toi plutôt du souper ! »

L'odeur de la soupe et des muffins l'atteint au dedans. L'odeur de la bonne nourriture calme ses angoisses et fait surgir des images de sécurité, d'amour, de famille. Sans attendre Bertrand, Axelle se sert un gros bol de soupe.

Lorsque Clément l'appelle, elle se sent assez bien pour le rassurer :

— J'étais en sécurité la nuit dernière. Je le serai encore cette nuit. Peut-être qu'on pourrait se voir après l'école, demain... Je dois être au travail à dix-neuf heures. Ce soir, j'ai des choses à faire ici.

Après avoir raccroché, elle examine sa chambre. Les planches qui barricadaient la fenêtre ont été brisées à coups de marteau. Inutile d'en remettre d'autres.

« Ce n'est pas fini. »

Est-ce Johan ou s'agit-il de quelqu'un d'autre ?

Elle n'a toujours pas trouvé de réponse à cette question au moment où Bertrand rentre et elle ne lui demande pas son opinion.

Il est enchanté qu'elle ait retrouvé la voiture, mais ça ne ralentit pas sa course vers la cuisine.

— Ça sent bon ! dit-il en soulevant le couvercle de la casserole.

Axelle reste avec lui tandis qu'il mange avidement.

— J'ai interrogé des élèves aujourd'hui, dit-il en repoussant son bol vide. Personne n'a rien vu.

— Écoute ça, dit Axelle en se dirigeant vers le répondeur.

Les poings serrés, Bertrand écoute le message menaçant, puis il lui demande :

— Tu ne trouves pas qu'il serait temps d'appeler les parents ?

— Non ! s'écrie Axelle, surprise elle-même de la vigueur de son cri. Que pourraient-ils faire ? Seulement s'inquiéter. Ils seront aussi impuissants qu'on l'est et, en plus, ça gâchera leurs vacances. Ils ne pourraient pas rentrer avant demain, même s'ils prenaient le premier avion.

— Ce ne serait pas une mauvaise idée d'avoir de la compagnie. Et ils auront peut-être de bonnes suggestions. C'est leur maison. Ils doivent être mis au courant quand quelque chose va mal.

Axelle sait qu'il a raison, mais elle déteste l'idée de leur expliquer que Bertrand et elle sont incapables de s'occuper de la maison pendant à peine trois semaines, qu'ils sont des ratés.

— Ils n'ont jamais eu de lune de miel, dit-elle. Quand ils se sont mariés, ils nous trouvaient trop jeunes pour nous laisser, alors ils nous ont emmenés avec eux. C'est la première fois qu'ils voyagent sans nous. Ils le méritent! Je ne veux pas gâcher leur plaisir. Et toi?

— Qu'est-ce qui est le pire? Se faire gâcher sa lune de miel, mais sauver sa maison et ses enfants, ou tout apprendre quand il est trop tard?

— D'accord. Appelle-les.

Elle sort. Dehors, elle lève les yeux vers la fenêtre de sa chambre protégée par une nouvelle vitre.

L'intrus s'est servi de leur échelle pour atteindre sa fenêtre. Axelle se dit: «Pourquoi lui faciliter les choses?»

Elle va dans une quincaillerie acheter un cadenas et un moraillon, qu'elle installe sur la porte du hangar, tandis que Bertrand tient la lampe de poche. Elle empoche la clé en disant:

— Au moins, il devra apporter son propre matériel.

— Ma mère et ton père n'étaient pas à leur hôtel. Ils sont en croisière dans les îles et le réceptionniste ne connaissait pas le jour de leur retour. Je leur ai laissé un message.

— On va devoir se débrouiller tout seuls.

— C'est drôle : j'avais hâte que les parents s'en aillent et maintenant je donnerais n'importe quoi pour qu'ils soient là.

— Je sais. On les trouve embêtants, jusqu'à ce qu'ils soient partis.

— On s'enferme de nouveau dans les salles de bains cette nuit ? demande Bertrand lorsqu'ils rentrent.

— Pas moi. Je ne dormirai pas. Je vais monter la garde.

— Alors, moi aussi.

— Merci. As-tu des idées sur la façon dont on devrait s'y prendre ? Laisser toutes les lumières de la maison allumées, peut-être ?

— Ouais. Et on pourrait accrocher la lampe portative de ton père près de ta fenêtre.

Axelle prend une veste dans la garde-robe.

— Habille-toi mieux que ça ! dit Bertrand. Il est censé geler cette nuit.

— Bon ! Un manteau, un sac de couchage, des lampes de poche, un thermos de thé, de la nourriture... Oh ! on n'a pas besoin d'emporter tout ça dehors ! On pourrait entrer au besoin dans la maison. Mais assurons-nous que la porte est toujours fermée à clé, même quand on est à l'intérieur.

— Tu préfères surveiller l'avant de la maison ou la cour?

— La cour. Je vais surveiller la fenêtre de ma chambre. Installons cette lampe.

Ils accrochent la lampe, puis referment le hangar à clé.

Ensuite, Axelle installe son équipement de camping dans la cour.

Elle entre dans son sac de couchage.

Puis elle s'adosse au mur… et attend.

Chapitre 18

Au début, il lui est facile de rester éveillée. La colère, la détermination et le thé chaud, sans parler de la froide température, empêchent Axelle de s'endormir.

Mais les bruits qui la font sursauter ne sont causés que par un coup de vent dans les buissons, le passage d'un chat, le piaillement d'un oiseau endormi. La rumeur de la circulation s'affaiblit... et Axelle se réveille brusquement.

« Je devrais me lever et bouger un peu », se dit-elle en sortant de son sac de couchage. Elle fait une patrouille à l'arrière, puis de chaque côté de la maison, sans rien voir d'anormal.

« La lumière du porche n'est vraiment pas assez forte », pense-t-elle en arrivant à l'avant de la maison.

Elle s'arrête soudain.

Qu'est-ce que c'est que ça? Sur le perron?

La respiration d'Axelle se précipite, mais elle ose faire un pas en avant.

Ça ressemble à un corps.

Le cœur battant, elle se force à s'approcher du perron.

De près, elle voit que le corps est enfermé dans un sac de couchage et que même sa tête est couverte. C'est Bertrand. Mais pourquoi a-t-il couvert sa tête ?

— Bertrand ! Ça va ? demande-t-elle.

Pas de réponse.

— Bertrand ?

Toujours rien.

Elle monte les marches, tend la main vers le sac de couchage... qui se met à bouger.

Axelle pousse un cri.

Bertrand sort la tête et, clignant des yeux, lui demande :

— Qu'est-ce qu'il y a ?

— Je pensais que tu étais mort, répond Axelle en s'asseyant brusquement, les jambes faibles soudain.

— J'avais froid, grogne Bertrand. Je ne voulais pas m'endormir, seulement me réchauffer.

Il sort complètement du sac de couchage.

— Je vais faire du café, dit Axelle.

— Du café ? Tu vas boire du vrai café, toi ?

— Je ne réussis pas à rester éveillée.

— Moi non plus.

— La caféine devrait nous aider. Ferais-tu le tour de la maison pendant que je prépare le café ?

— Bien sûr. Surtout si tu fais aussi quelques sandwiches.

Axelle prépare de gros sandwiches au jambon et au fromage pour Bertrand et d'autres au pain de blé entier garnis de fromage à faible teneur en gras pour elle. Elle remplit deux thermos de café.

Ils regagnent leur poste.

Axelle finit son thermos à deux heures trente. Elle fait nerveusement les cent pas dans la cour. Puis elle s'adosse au hangar et examine l'espace éclairé près de la fenêtre de sa chambre.

La caféine lui donne mal à la tête et la pousse à bouger sans arrêt.

«C'est ennuyant! se dit-elle. À la télé, ceux qui font le guet n'ont jamais l'air de s'ennuyer autant.»

À trois heures et quart, elle va voir Bertrand. Il s'est encore endormi. Cette fois, il est appuyé contre la porte d'entrée, son sac de couchage serré autour de lui. Il ronfle légèrement.

Axelle élargit sa patrouille à l'avant de la maison.

Les minutes s'écoulent lentement et l'obscurité s'épaissit. De temps à autre, elle entend une voiture passer devant la maison.

Elle retourne s'asseoir près du hangar. Un pénible sentiment de solitude la saisit et s'installe dans sa poitrine. Elle s'enveloppe dans son sac de couchage et le serre autour d'elle.

«Ce n'est pas la première fois que tu es toute seule», se réprimande-t-elle.

Mais elle a beau se dire qu'il y a des voisins alentour et que Bertrand est tout près, cela ne l'aide pas. La solitude pèse comme un bloc de glace sur sa poitrine.

«Quelqu'un veut me faire souffrir, pense-t-elle. Je ne sais pas qui c'est. Je ne sais pas pourquoi il fait ça.»

Au loin, un téléphone sonne.

Axelle compte cinq sonneries, puis l'appareil se tait. Quelques minutes plus tard, il sonne de nouveau.

Axelle bondit hors de son sac de couchage et va sous sa fenêtre. Le son est plus fort. Ça vient de sa chambre!

Son répondeur doit se mettre en marche à la sixième sonnerie. Est-ce qu'elle devrait entrer pour répondre? Est-ce un piège?

Elle regarde l'heure à sa montre: 4 h 15.

«Encore deux heures, puis je vais me préparer pour l'école. Je pourrai faire des choses normales, au lieu de monter la garde dans ma cour. Je prendrai une douche, j'irai à l'école... Oh non! c'est vendredi! Après l'école, je dois aller travailler au magasin toute la soirée. Je serai morte!»

Les derniers mots se répercutent, comme si elle les avait prononcés tout haut.

«Je serai morte! Morte!»

Chapitre 19

Il ne se passe rien du reste de la nuit. Bientôt, Axelle se met en route pour l'école.

Elle se sent plus en sécurité dès qu'elle est entourée d'autres élèves.

Thalie la rejoint et lui parle joyeusement de Raymond.

«Raymond? Ah oui! le gars avec qui elle est sortie», se rappelle Axelle. Elle écoute poliment son amie, s'exclamant de temps en temps pour manifester de l'intérêt.

Lorsque la cloche sonne, elle entraîne Thalie en lui disant:

— Je suis contente que tu te sois amusée!

Dans la salle de classe, elle enlève sa veste et la pose sur le dossier de sa chaise, puis se concentre sur le travail à remettre.

Lorsqu'elle a fini d'écrire son texte, elle fait le nécessaire pour qu'il soit imprimé. Il n'y a que cinq imprimantes pour toute la classe et, d'habitude, l'attente est longue. Axelle surveille l'écran de son ordinateur qui va afficher le message IMPRESSION EN COURS.

Entendant un bruit de pas s'arrêter près de sa chaise, elle lève les yeux. Le visage de Johan est penché vers elle. En pensée, elle revoit les photos dans la chambre du garçon.

— Maman m'a parlé d'une rousse, dit-il d'un ton presque implorant.

Les mains de Johan jouent avec la veste d'Axelle. Fascinée, elle le regarde caresser le tissu et tâter le col.

— Tu as un vêtement à moi dans ta chambre ! dit-elle.

Le visage cramoisi, Johan retire vivement ses mains. Son geste brusque fait tomber la veste. Il s'agenouille pour la ramasser en s'excusant.

Il replace la veste sur la chaise, puis met ses mains dans ses poches, sans doute pour les empêcher de toucher de nouveau au vêtement.

— Monsieur Moreau ! Vous avez un problème ? demande l'enseignant.

Johan secoue la tête et jette un regard suppliant à Axelle avant de se précipiter vers une imprimante pour en retirer ses feuilles.

« Je ne peux pas croire que c'est Johan qui me terrorise », se dit Axelle. Il a l'air si inoffensif. Mais qui d'autre est-ce que ça pourrait être ? Sur l'écran, le message IMPRESSION EN COURS s'affiche. Mais elle attend que Johan ait regagné sa place avant de se diriger vers l'imprimante.

Après la classe, Johan s'avance vers elle et lui demande :

— Axelle, je peux te parler ?

Sans lui prêter attention, Axelle saisit Thalie par le bras et l'entraîne vers leurs casiers.

— Qu'est-ce que tu as dit à Johan ? lui demande son amie.

— Rien.

— Qu'est-ce qui s'est passé hier soir ?

— Rien.

— C'est ça ! Ne me dis rien.

— Je suis restée dehors toute la nuit à surveiller la maison, explique Axelle. Et il ne s'est rien passé. Je pense que Johan voulait qu'on se parle, mais je ne lui ai rien dit.

— Oh ! je vois ! Rien et rien.

Axelle ouvre brutalement la porte de son casier qui claque contre celui d'à côté et se referme aussitôt.

— Tu as besoin de vacances, lui dit Thalie en ouvrant doucement la porte de son propre casier. Tu es beaucoup trop tendue en ce moment. Tu peux passer combien de nuits sans sommeil, penses-tu ?

— Je pourrais peut-être faire une sieste cet après-midi. Sauf que j'ai promis à Clément qu'on se verrait après la classe.

Elle rouvre la porte de son casier et regarde à l'intérieur. Puis, elle se détourne et s'en va, laissant Thalie bouche bée devant la scène macabre.

À l'intérieur du casier d'Axelle, il y a une photo

d'elle pendue au bout d'une ficelle. Les yeux, la gorge et d'autres parties de la photo ont été arrachés.

Axelle s'éloigne en pensant: «Je sais qui a fait ça. Je vais le trouver. Je vais le forcer à avouer.

«Je l'aurai!»

Chapitre 20

Les bras tendus pour la tenir à distance, Georges proteste encore :

— Je ne sais pas ! Je ne fais jamais attention. Je ne me souviens pas.

— Oui, tu t'en souviens ! Tu as ouvert mon casier dans les dernières vingt-quatre heures et tu t'en souviens sûrement. Alors, dis-moi qui t'a payé pour ça !

— J'ouvre dix casiers par jour. Vingt ! Et c'est ma politique d'oublier aussitôt. Tu le sais. Je te l'ai dit. Je ne resterais pas longtemps en affaires si je parlais. Aimerais-tu ça que je dise à tout le monde que j'ai ouvert des casiers pour toi ?

— Un seul casier. Et je m'en fiche si tu en parles. As-tu ouvert mon casier pour quelqu'un aujourd'hui ? Hoche la tête si c'est oui, secoue-la si c'est non.

— Je ne m'en souviens pas. Comprends-tu ? Je ne peux rien te dire et je ne te dirai rien.

— Je vais te dénoncer au directeur, le menace

Axelle en grimaçant intérieurement à cet enfantillage.

— Vas-y. Je nierai tout.

— Thalie t'a vu, elle aussi.

— Puis ? Je te garantis que j'aurai un alibi. Tu ne peux rien prouver. Laisse tomber.

Georges passe devant Axelle et s'en va.

Les deux amies retournent à leurs casiers.

Axelle décroche la photo pendue, puis prend les livres dont elle a besoin et les met dans son sac en disant :

— Merci d'être restée avec moi, Thalie. Excuse-moi, je t'ai mise en retard pour ton cours. On se voit au dîner ?

— Je dois étudier pour mon examen de maths, dit Thalie avec une grimace. Autrement, je devrai me contenter d'un D moins. Et je rencontre Raymond après l'école.

— Je t'appellerai ce soir.

Elles prennent des directions différentes et Axelle se dépêche parce qu'elle est en retard. En arrivant en classe, elle est contente de constater que le cours n'est pas encore commencé. L'enseignante écrit au tableau et, lorsqu'elle se retourne pour prendre les présences, Axelle est assise à sa place.

« Je peux suivre le cours, se dit celle-ci. Je peux passer à travers. Je peux participer. »

C'est ce qu'elle fait pendant la première moitié de l'heure. Puis elle remarque un bout de papier qui dépasse de son livre. Elle le tire et l'ouvre.

Le message est encore écrit à partir de mots découpés dans des magazines :

CE N'EST PAS FINI. TU VOIS, JE SUIS FOU

Un cri de frustration, de rage et de peur lui monte à la gorge. Elle plaque ses mains sur sa bouche pour l'empêcher de sortir.

— Axelle Grandbois, est-ce que ça va ? lui demande l'enseignante.

Axelle secoue la tête.

— Tu peux sortir, dit l'enseignante.

Axelle remet ses affaires dans son sac et se précipite hors de la pièce, hors de l'école. Elle court au fond du terrain de stationnement et là, elle lâche son cri. Puis elle se laisse tomber par terre et, se tenant la tête à deux mains, elle inspire de grandes bouffées d'air.

CE N'EST PAS FINI. TU VOIS, JE SUIS FOU

« Il n'a pas achevé son message, songe-t-elle confusément. À moins que le message ait changé. »

JE SUIS FOU

« Je dois faire quelque chose, se dit Axelle en faisant les cent pas. Mais je ne sais pas quoi. »

Elle ne remarque la camionnette bleue qui est entrée dans le stationnement que lorsque celle-ci s'arrête près elle.

Johan est au volant !

Il baisse la vitre de sa portière et lui demande :

— Tu n'as pas froid ? Où est ta veste ?

— Je l'ai oubliée en classe de français.

— Tu veux que j'aille te la chercher ?

Axelle secoue la tête, se souvenant de la façon dont il la caressait. Comme s'il pouvait lire dans ses pensées, Johan rougit.

— Est-ce qu'on peut se parler, Axelle ? l'implore-t-il. S'il te plaît ! Viens, il fait plus chaud ici.

« Je suppose que c'est nécessaire », pense Axelle. Puis elle dit tout haut :

— Va te stationner là-bas.

Johan lui obéit.

Elle le suit et, ouvrant la portière du côté passager, elle ordonne :

— Donne-moi tes clés.

Dès qu'il s'est exécuté, elle flanque son sac sur le siège de façon à ce qu'il soit entre eux, puis elle s'assoit.

— Écoute, lui dit-elle. Il faut que tu me laisses tranquille. Il faut que tu arrêtes tout ça.

— Je ne pensais jamais que tu verrais ma chambre, marmonne Johan. Je ne l'aurais pas décorée comme ça si j'avais su que tu la verrais.

— Eh bien, je l'ai vue. C'est affreux.

— Non ! C'est magnifique ! C'est... réconfortant. Je te regarde et je te parle, puis je me sens mieux.

— Tu vas trop loin, Johan. C'est malsain. Tu es obsédé.

— Tu sauras que c'est tout à fait normal pour un garçon d'être obsédé par les filles ! s'exclame-t-il d'un ton indigné.

— Les filles, au pluriel. Pas une fille, et pas pendant des années et des années.

— Je ne vois rien de mal à ça. Je t'aime, Axelle. Tu dois le savoir. Et j'aime avoir des souvenirs de toi. Mais ce n'est pas ce…

Axelle baisse le pare-soleil et regarde sans broncher les photos d'elle qui sont collées au revers.

— Je me disais bien, dit-elle.

Johan rougit et baisse la tête pour regarder ses mains.

Axelle ouvre la boîte à gants. La bouche de Johan forme une ligne mince, mais il ne proteste pas, tandis qu'elle prend une boîte dont elle retire le couvercle.

— Un crayon avec mon nom inscrit dessus! Mon bracelet! Où l'as-tu pris?

Ce n'est pas vraiment un bracelet, seulement une ficelle sur laquelle elle avait enfilé des perles de verre blanches et vertes pendant un cours d'artisanat.

— Qu'est-ce que c'est que ça? demande-t-elle en dépliant une feuille de papier usée aux plis. Johan! C'est un petit mot que j'avais fait passer à Thalie il y a des années de ça!

Elle rougit en le relisant: «Je trouve que Nicolas est pas mal sexy. Et toi?»

— Et ça?

Elle touche la feuille rouge, se souvenant du moment où Clément la lui a donnée… il y a des années, dans un autre monde. Elle l'avait glissée dans la poche de sa veste. La veste que Johan a fait tomber le matin même.

— Tu l'as prise dans ma poche! proteste-t-elle.

— C'est juste une feuille! Je ne savais pas que tu voulais la garder. Je pensais qu'elle était tombée sur toi ou quelque chose du genre. Je ne croyais pas que tu te rendrais compte qu'elle avait disparu.

— Je veux des explications.

Sans la regarder, Johan commence à expliquer d'une voix tendue:

— Les roches viennent de l'allée de ta maison. Le pansement, tu l'as perdu quand tu regardais une partie de football. Le bout de lacet, je l'ai ramassé quand tu faisais du cross-country: tu avais un caillou dans ta chaussure; tu l'as enlevée, puis quand tu l'as relacée, le lacet s'est cassé.

— Oh! Johan!

— J'ai peur qu'il ne t'arrive du mal.

— C'est pour ça que tu me suis partout? Pour me protéger?

— Oui. Je ne veux pas...

— Mais Johan, tu me terrorises!

— Non! J'essaie de t'aider.

Axelle en a assez. Elle flanque la boîte sur le siège et prend son sac en disant:

— Je n'ai pas besoin de cette sorte d'aide. Tu me rends folle! Laisse-moi tranquille!

— Mais tu es en danger! crie Johan. Tu as besoin de moi!

— J'ai besoin de nourriture, d'eau et d'un abri,

crie Axelle, furieuse, sans plus aucune sympathie. Je n'ai pas besoin que tu viennes fouiner dans ma chambre, que tu déposes des messages dans mon casier, que tu me suives, que tu m'appelles, que tu cherches à m'intimider. Fiche-moi la paix ! Tu m'entends ?

Elle descend de la camionnette. Il bredouille :

— Je ne... Ce n'est pas... J'essaie seulement de t'aider. Ne comprends-tu pas qu'on te menace ?

— Oh ! très bien ! Tu t'es parfaitement bien fait comprendre.

De son sac, elle sort la photo découpée qu'elle a trouvée dans son casier, et la jette à Johan en criant :

— Je me passerais volontiers de ce genre d'aide !

Elle s'enfuit.

Johan lui crie d'attendre, mais elle ne se retourne pas. «Comment est-ce que ça peut arriver ? se demande-t-elle. Qu'est-ce que j'ai fait pour mériter ça ? Pourquoi moi ? »

Sa colère se dissipe, la laissant épuisée. Axelle ralentit sa course et se dirige vers l'école. «Je suis autant en sécurité ici que n'importe où, se dit-elle. Et je ne peux pas continuer à manquer mes cours. »

Elle s'assoit seule pour dîner mais, deux tables plus loin, Johan la surveille. Elle essaie de tirer des conclusions de ce qu'elle sait.

«Johan est obsédé, pense-t-elle. C'est lui... ou un autre qui me harcèle. Tout le monde a accès à mon casier grâce à Georges. Thalie connaît la combinaison de mon cadenas et n'aurait même pas besoin de Georges. Elle sait où est ma chambre et elle m'a vue partir de chez elle le jour où j'ai failli être écrasée. Elle peut faire des messages qui semblent être écrits par un garçon pour détourner les soupçons. Je déteste soupçonner tout le monde, mais ce serait stupide de ne pas le faire. Quelqu'un me fait ça et je ne sais même pas ce que ce "ça" signifie. Est-ce qu'on me joue un tour pour me faire peur ? Ou est-ce qu'on me veut vraiment du mal ? »

Elle lève la tête et son regard rencontre celui de Johan. Il rougit, mais continue quand même de la fixer.

« Pourquoi es-tu arrivé à l'école au milieu de la matinée ? lui demande-t-elle mentalement. D'où venais-tu ? Et qu'y avais-tu fait ? »

Axelle ressent soudain une urgente envie de rentrer chez elle... et une terrible frayeur à la pensée de ce qu'elle pourrait y trouver.

Chapitre 21

Le reste de la journée passe lentement.

Axelle est dans tous ses états au moment où la dernière cloche sonne. Elle court à son casier et tandis que ses doigts composent la combinaison, elle a le ventre crispé d'inquiétude.

«Je vais vider mon casier, décide-t-elle. Je ne m'en servirai plus, tout simplement. Je peux apporter mes livres chaque jour. Je peux garder ma veste avec moi. Ma veste! Est-ce qu'elle est encore dans la classe de français?»

Elle ouvre la porte. Tout semble en ordre à l'intérieur du casier, mais cela ne la rassure pas.

«Ça veut seulement dire que l'attaque aura lieu ailleurs», se dit-elle avec amertume. Elle met tous ses livres dans son sac.

— Hé! la salue Clément.

— Bonjour, dit-elle en enfilant les bretelles de son sac.

— Tu es toujours d'accord pour qu'on sorte ensemble?

— Ça dépend.

— Ça dépend de quoi ? demande-t-il d'un ton amusé. Je ne sais jamais à quoi m'attendre avec toi.

— Je veux d'abord vérifier si tout est correct chez moi. Si ça ne te tente pas de m'accompagner, on pourrait se voir plus tard.

— Pas question. Tu ne peux pas te débarrasser de moi. Mais raconte-moi ce qui se passe. Qu'est-ce que c'est que cette histoire de maison dévalisée et de police et tout ça ?

Axelle lui raconte les derniers événements tandis qu'ils vont chercher sa veste.

— Axelle ! dit Clément en la prenant par le bras. Ne rentre pas chez toi.

— Il le faut.

— Pourquoi ? Écoute, ces attaques ont été dirigées contre ta maison, ta voiture et ton casier. C'est une bonne décision de ne plus utiliser la voiture ni ton casier. Ne remets pas les pieds dans ta maison.

— Ce n'est pas aussi simple, dit Axelle, tandis que Clément ouvre la portière de sa camionnette. D'abord, c'est là que je vis. Toutes mes affaires sont là. Ma nourriture est là. Bertrand est là. Ce n'est pas si facile d'abandonner tout ça.

Axelle s'installe dans la camionnette.

— Et en plus, dit-elle en se tournant vers lui, c'est moi qui suis visée. Ce n'est ni mon casier, ni la voiture, ni même ma chambre. C'est moi ! Et je m'emmène partout où je vais.

— Alors on ira ensemble. Tu peux empaqueter certaines choses, pour ne pas tout abandonner, et venir vivre chez moi.

— Chez toi? Comment est-ce que tes parents réagiront quand quelqu'un brisera les vitres de leur maison pour arriver jusqu'à moi? Clément, j'attire les ennuis.

— Tu as des ennuis. On aide ses amis quand ils ont des ennuis.

— Je ne sais pas. Je vais y penser.

— À moins que tu penses encore que c'est moi qui te persécute.

— Je n'ai jamais pensé que c'était toi. Pas spécifiquement. Je ne sais pas qui c'est.

— Tant que tu soupçonnes tout le monde, ça ne me fait rien d'être sur la liste.

Axelle sourit. «Je l'aime beaucoup, se dit-elle. Oh! j'espère que ce n'est pas lui!»

Clément stationne devant chez elle et ils voient en même temps ce qui cloche.

La porte d'entrée est grande ouverte.

— Bertrand est rentré? demande Clément.

— Ça ne devrait pas. Il a son entraînement de natation. Son auto n'est pas là.

— Alors, ce n'est pas bon signe. Comment veux-tu t'y prendre?

«Je veux me sauver et me cacher», pense Axelle. Mais tout haut, elle dit:

— J'entre.

— Je te suis.

Axelle a l'impression d'être une intruse dans sa propre maison, s'arrêtant, écoutant s'il y a quelqu'un, puis avançant de quelques pas avant de s'arrêter de nouveau.

Elle passe par le salon, la cuisine, le corridor. Clément regarde dans la salle de bains, fronçant les sourcils à la vue du verrou vissé dans le cadre de porte.

La porte de la chambre d'Axelle est fermée.

Elle saisit la poignée, mais Clément chuchote :

— Tu veux que j'entre avant toi ?

Elle secoue la tête. « Je l'ai déjà vue dévastée, se dit-elle. La seule chose qui serait pire, ce serait si le maniaque m'attendait, un couteau à la main. Ça, ce serait terrible.

« Je pourrais envoyer Clément chercher un couteau de boucher à la cuisine. Mais si je découvre que Clément est le maniaque, ce sera la fin.

« S'il n'y a pas de maniaque, tout ira bien. »

Elle tourne la poignée et ouvre la porte.

Chapitre 22

— Ne touche à rien! ordonne Axelle.

Seul le lit a été malmené, et le contraste qu'il forme avec la belle ordonnance de la chambre rend son saccage pire encore.

— C'est moi! dit Axelle en regardant les jeans et le sweat-shirt déchirés et posés sur le couvre-lit lacéré de manière à suggérer qu'elle y est étendue.

À la place où serait sa tête, il y a des morceaux de photos d'Axelle empilés sur l'oreiller en lambeaux.

— Qu'est-ce que c'est? demande Clément en pointant du doigt ce qui dépasse de la déchirure faite dans le sweat-shirt à l'endroit du cœur.

— On dirait un bout de papier, répond Axelle en se penchant pour mieux voir.

Elle retire le morceau de papier et lit ce qui y est écrit: DE TOI.

— Au moins, il aime finir ce qu'il commence, dit Axelle en jetant le papier sur le lit.

— C'est la fin du message de ce matin?

Axelle hoche calmement la tête, mais son pouls s'accélère et ses mains sont glacées.

— Je n'aime pas ça du tout, dit Clément. Je me sentirais mieux si je fouillais partout.

« Moi aussi, je me sentirais mieux, pense-t-elle. Mais je suis sûre que le vandale est parti. Il aime frapper vite et déguerpir. »

Elle sort de sa chambre. Elle n'a aucune envie de toucher quoi que ce soit. Rien ne semble plus lui appartenir. Tout a été souillé par son bourreau, qui peut aller où il veut, faire ce qu'il veut, pénétrer partout où il veut.

« Je n'ai plus rien, se dit-elle. Plus de maquillage, de vêtements, de chambre, de maison… plus rien. »

Elle claque la porte de sa chambre. « Je ne vais pas m'effondrer, chantonne-t-elle dans sa tête. Je vais rester saine d'esprit. Je vais prendre les choses en main. Je m'en sortirai. »

Dans le salon, elle téléphone à la police et tombe par hasard sur l'agent qui est déjà venu chez elle.

Clément la rejoint en secouant la tête : il n'y a personne d'autre dans la maison.

À l'arrivée des policiers, Axelle est capable de leur montrer calmement le désastre dans sa chambre et le message en deux parties. Elle parvient même à sourire lorsqu'ils lui disent qu'ils ne chercheront pas les empreintes.

— C'est probablement la même personne, souligne la policière. Et il n'y avait pas d'empreintes la dernière fois.

Axelle hoche la tête. « Je vais mourir », pense-t-elle en souriant poliment aux agents de police. Elle se sent iréelle, comme si elle n'existait pas vraiment. « Je vais mourir et ils ne peuvent rien faire pour l'empêcher. »

— On va patrouiller plus souvent dans ton quartier, promet le policier. On sait que tu dois être terrifiée, mais tout ira bien.

— Ils croient que c'est moi qui fais tout ça, dit plus tard Axelle à Clément alors qu'ils s'installent à une table du restaurant du coin.

Clément lui tend un menu puis, se frappant le front, il s'exclame :

— À quoi est-ce que je pense donc ? Tu ne peux pas manger ici !

— Je peux toujours manger une salade. Ça va, Clément. Il y a certaines règles non écrites quand on est un fanatique. On est incroyablement souple. Du moins, il faut qu'on le soit si on veut pouvoir sortir avec ses amis.

— Je me sens stupide d'avoir de l'appétit alors que tout va si mal pour toi. Mais je meurs de faim.

Axelle essaie de sourire, mais elle n'est pas certaine du résultat.

Elle se surprend à manger copieusement. « Ça a été une journée pleine d'émotions, se dit-elle. Et les émotions creusent l'appétit. »

— Alors, qu'est-ce que tu vas faire ? lui demande Clément.

— Je ne sais pas. Nos parents ne rentreront que

dans deux semaines. Et je ne sais même pas si je serai plus en sécurité quand ils seront là ou si je mettrai simplement la vie de plus de gens en danger. Que faire pendant deux semaines ?

— Viens chez moi.

— On en a déjà parlé.

— Je suis peut-être sur ta liste de suspects, mais pas mes parents. Et si j'allais vivre ailleurs ?

Axelle frotte son front de ses paumes ; elle est épuisée.

— Clément, je ne peux plus réfléchir. Je ne suis même pas certaine que ça m'aide de réfléchir. Ma mère me disait toujours qu'une bonne nuit de sommeil porte conseil, mais je ne suis même plus capable de dormir.

— As-tu de la famille ? Est-ce que tu pourrais quitter la ville et aller vivre chez des parents ?

— Et l'école ? C'est ma dernière année. J'aimerais la terminer en même temps que mes camarades de classe. Même si j'avais un endroit où aller, je ne pourrais jamais obtenir mon diplôme si je manque plusieurs semaines de cours.

— Mais tu es en danger…

— C'est justement ça la question. Tout ce qui est arrivé, sauf pour la fenêtre brisée, s'est passé quand j'étais absente, quand je n'étais pas dans ma chambre, ni près de mon casier, ni dans la voiture.

— Mais si tu avais été dans ta chambre plutôt que dans la salle de bains verrouillée, qui sait ce qui te serait arrivé ?

— Peut-être que l'intrus aurait laissé un message et serait parti sans rien faire. Peut-être que ma chambre a été saccagée parce que je n'y étais pas.

Clément abat son poing sur la table en disant :

— Tout ce qu'on fait, c'est imaginer. Et c'est vraiment frustrant. On ne sait rien.

— On ne sait rien en effet, sauf que c'est moi qui ai des ennuis. Alors, quoi que je décide de faire, je le décide toute seule et j'agis toute seule. Je n'entraîne personne là-dedans. C'est déjà très dur pour moi, mais je ne me le pardonnerais jamais si quelqu'un d'autre était blessé à cause de moi.

Elle se lève et ajoute :

— Merci pour le repas, Clément, et pour m'avoir accompagnée chez moi. Il vaut mieux que je m'en aille maintenant. Aujourd'hui, je vais prendre des décisions et après, peut-être que je saurai ce que je fais. On se verra lundi à l'école, O.K. ?

Des émotions passent sur le visage de Clément qui cherche manifestement quoi dire.

Axelle lui envoie un baiser et s'en va.

Le restaurant n'est pas très loin de chez elle, alors Axelle jogge jusque-là. Elle n'entre pas dans la maison, mais ouvre le garage et en sort la Subaru.

Il est trop tôt pour qu'elle aille travailler, alors elle va chez Thalie. En conduisant, elle repense au comportement de celle-ci durant ces derniers jours et cherche des preuves de la culpabilité ou de l'innocence de son amie.

« C'est fou de soupçonner Thalie, se dit Axelle. Mais j'ai dit à Clément que je devais soupçonner tout le monde également… et je dois vraiment le faire si je veux survivre.

« Les raisons de croire que Thalie est coupable : elle connaît tout de moi. Et elle a plein de photos de moi qu'elle pourrait découper. Aussi, elle a agi bizarrement chaque fois que j'ai parlé de mon pressentiment.

« Les raisons de croire qu'elle est innocente : elle est ma meilleure amie depuis toujours. Pourquoi est-ce qu'elle me voudrait du mal ? »

— Je ne suis pas parfaite, murmure Axelle en tournant sur la rue où habite Thalie. Mais pourquoi est-ce que quelqu'un voudrait me faire souffrir ? Je ne suis pas le genre de fille qui se fait des ennemis. Du moins dans tous les livres que j'ai lus, il faut sortir du commun pour se faire des ennemis : être très belle, très populaire, très méchante… quelque chose !

Elle stationne la Subaru devant la maison de son amie et appuie sa tête contre la portière en fermant les yeux.

« Si je pouvais attirer mon attaquant à découvert, pense-t-elle, si je pouvais le déjouer… »

Une sensation de pouvoir l'envahit.

« Sois prudente, se dit-elle. C'est seulement une idée. Ça pourrait ne pas réussir. »

Mais ça n'a pas d'importance. Si elle ne réussit pas, au moins elle a une idée, enfin !

Peut-être même un plan.

Elle sort de la voiture en chantonnant et se dirige vers la maison de son amie.

Chapitre 23

— Tu es joyeuse, dit Thalie en ouvrant la porte.

— Oui, je le suis, réplique Axelle en enlevant sa veste qu'elle jette sur le divan.

— Pourquoi est-ce que tu souris?

— C'est si inhabituel?

— Dernièrement, oui.

— Tu sais ce qui m'est arrivé. Je n'ai pas eu tellement l'occasion de sourire.

— Sans doute, réplique Thalie en haussant les épaules. C'est juste que tout ce qui t'est arrivé est un peu difficile à croire. Si une fille te racontait tout ce qui vient de se passer, qu'est-ce que tu dirais?

— Je dirais qu'elle est folle.

Thalie hoche la tête. Axelle se laisse tomber sur le divan en disant:

— Est-ce que c'est ce que tu penses?

— Je dois avouer que l'idée que tu voulais peut-être simplement attirer l'attention m'est passée par la tête.

Thalie disparaît dans la cuisine et réapparaît une

minute plus tard avec un bol de maïs soufflé sans beurre, une canette de *Coke* et une tasse de thé fumant. Noir. Décaféiné.

« C'est une véritable amie, pense Axelle. Qui d'autre aurait en réserve du pop-corn nature pour une seule personne ? Et du thé décaféiné. Elle déteste ça. Elle en achète pour moi. Alors Thalie ne peut pas être mon ennemie, pas vrai ? »

— Parfois, je me demande si on peut vraiment bien connaître quelqu'un, dit son amie en regardant la canette entre ses mains. Prends Raymond par exemple.

« Raymond ? se demande Axelle. Oh oui ! le cinéma, le restaurant, le rendez-vous ! »

— Celui au beau petit chiot ?

— Ouais. Je l'ai rencontré après l'école et on est allés chez lui voir son chiot. En moins d'une heure, j'ai appris que l'animal appartient à un voisin, que c'est la petite sœur de Raymond qui en est la gardienne et que Raymond m'a menée en bateau. Il savait qu'il y avait un chiot chez lui et il s'en est servi à son avantage. J'y ai cru. Aujourd'hui, il a montré un peu plus sa vraie personnalité. Je ne l'ai pas aimée.

— Est-ce que ça va ?

— Bien sûr, répond bravement Thalie. Je l'oublierai assez vite.

Axelle se lève pour serrer son amie dans ses bras et, après un moment, elles se rassoient toutes les deux sur le divan.

— Je suis sortie avec Clément, dit Axelle.

— Clément Houle? C'était lui ton «peut-être»?

— Ouais. On s'est bien amusés, après le départ des policiers.

Thalie cligne des yeux, dévisage Axelle et lui demande:

— Est-ce que je veux vraiment savoir?

— Je ne sais pas. Ça dépend de toi.

Thalie se lève et va jusqu'à la fenêtre. Tout en fixant l'extérieur, elle raconte doucement:

— Quand j'étais petite, il m'arrivait de savoir d'avance ce qui allait se passer. Je ne voyais pas clairement la scène, c'était plutôt une sensation. Une petite voix en moi disait: «Ne va pas là!» ou quelque niaiserie comme ça. Ce n'était pas grand-chose, en fait. Si j'avais l'impression que je devais tourner à gauche, je tournais à gauche. Je n'allais jamais à contresens, alors je n'ai jamais su ce qui se serait passé si je l'avais fait. Tu comprends?

Axelle hoche la tête.

— Ça ne me dérangerait pas qu'une petite voix me dise quoi faire, dit-elle. Surtout en ce moment.

— Je croyais que tout le monde en avait une.

Thalie se détourne de la fenêtre, mais elle ne parvient pas à regarder Axelle dans les yeux lorsqu'elle poursuit:

— Je ne savais pas que ma voix intérieure était différente de celle des autres.

Thalie prend une poignée de maïs, mais la remet dans le bol.

— Quand j'avais treize ans, continue-t-elle, j'avais des amis plus vieux que moi et un peu rebelles. Alors, naturellement, mes parents les détestaient. Et aussi naturellement, ça me donnait le goût d'être tout le temps avec eux.

— C'est tout à fait compréhensible chez une fille de treize ans.

— Alors, quand ils m'ont invitée à un party, il fallait absolument que j'y aille. Je devais y aller! répète-t-elle. Même si ma petite voix me disait de ne pas le faire.

— Oh oh! Et ça a été la première fois que tu ne l'as pas écoutée?

Thalie hoche la tête et poursuit:

— Chaque fois que je pensais au party, je devenais tout excitée. Fêter avec des grands! Sans parents pour nous obliger à rentrer tôt. Et puis des garçons. Ça paraissait plus amusant que tout ce que je pouvais imaginer. Et ma stupide petite voix me disait de rester chez moi. Quand le vendredi soir est arrivé, j'ai dit à ma mère que je passais la nuit chez une amie — une amie qu'elle aimait bien et qu'elle m'approuvait de fréquenter. Puis j'ai marché jusqu'à l'endroit où mes amis devaient venir me chercher.

Elle se tait de nouveau, s'essuyant distraitement les mains avec une serviette de papier.

— Personne ne m'avait jamais expliqué ce qui se passe quand tu n'écoutes pas ta voix, dit-elle en tordant la serviette jusqu'à ce que celle-ci se déchire. Il y a eu un terrible accident de voiture. Ça m'a complètement bouleversée. Deux de mes amis sont morts, Axelle! Je n'oublierai jamais aucun détail de ce qui s'est passé cette nuit-là. Ça a été la plus horrible nuit de toute ma vie.

Thalie se laisse tomber par terre, entraînant dans sa chute le bol et son contenu, ainsi que les serviettes de papier, et elle éclate en sanglots.

— Ma voix m'avait dit de ne pas y aller. Je le savais! Mais je ne voulais rien entendre. J'ai fait taire la voix!

Axelle s'assoit par terre à côté de son amie et la prend dans ses bras en murmurant:

— Thalie, c'est fini.

— J'aurais pu supporter le souvenir de l'accident et des morts, dit Thalie en pleurant. Ça aurait été dur, mais j'aurais pu passer à travers, si je ne l'avais pas su d'avance. Ça me rendait responsable, tu vois? Parce que j'aurais pu empêcher tout le monde d'y aller.

— Oh! Thalie! Tu ne peux pas être responsable d'un accident.

— Si on te dit: «Ne fais pas ça!», que tu le fais quand même et qu'il arrive quelque chose de terrible, c'est ta faute. Peut-être que j'aurais pu empêcher l'accident d'arriver en n'y allant pas.

Thalie se sert des serviettes éparpillées pour s'essuyer les yeux et les joues.

Axelle se rappelle la remarque de son amie à propos de Raymond: «Est-il possible de connaître vraiment bien quelqu'un?»

«En effet, est-ce possible? se demande-t-elle. Depuis qu'on se connaît, Thalie ne m'a jamais parlé de ça.»

— C'est bien triste, dit-elle tout haut. Mais tu ne peux pas être certaine que l'accident ne se serait pas produit, de toute façon. La seule différence étant que tu n'aurais pas été dans la voiture.

— Si au moins je leur en avais parlé, si je les avais prévenus, ils seraient peut-être restés chez eux. Je n'ai même pas fait ça.

«Voilà ce qui explique pourquoi elle ne voulait pas entendre parler de mon pressentiment, se dit Axelle. Et maintenant, j'ai l'impression d'avoir agi comme une idiote. J'en voulais à ma meilleure amie de ne pas m'aider à résoudre mon problème. Et pendant tout ce temps, le vrai problème c'était que, chaque fois que je prononçais le mot «pressentiment», je lui rappelais l'accident mortel. Est-ce qu'on est tous hantés par des fantômes du passé?»

— Thalie! Je n'essaie pas simplement d'attirer l'attention.

— Je sais, dit Thalie, le regard encore sombre. Axelle...

— Quoi?

— N'y va pas.

— Hein?

— Quel que soit l'endroit où tu veux aller, n'y va pas.

Chapitre 24

«Je dois y aller, se dit Axelle. Je dois aller travailler. C'est l'endroit parfait où attirer un ennemi inconnu. Je resterai seule puisque c'est moi qui ferme le magasin. Je n'ai pas un plan bien précis, mais le peu que je sais exige que j'aille travailler.»

— S'il te plaît, n'y va pas! la supplie Thalie. C'est ma petite voix qui me le dit.

— Je serai prudente. Mais il faut que je le fasse.

— Quoi?

— Il faut que j'aille travailler, c'est tout. Puis je rentrerai dormir chez moi, dans mon lit, dans ma propre maison.

En quittant Thalie, Axelle songe à son plan. «Il est simple en fait, pense-t-elle. Je dois obliger ce détraqué à agir, ce qui veut dire que je dois faire les mêmes choses que d'habitude, selon mon horaire habituel. Je ne me cache plus.»

En chemin vers le magasin, Axelle s'arrête à un petit centre commercial. Dans une boutique, elle achète un bâton de baseball pour enfant. Dans une épicerie, elle se procure une grosse bouteille de poivre noir moulu.

Elle glisse le petit bâton de baseball sous le siège du conducteur de sa voiture et cale la bouteille de poivre entre son siège et la portière.

«Du poivre dans les yeux, ça devrait l'arrêter, pense-t-elle. Personne ne peut rien faire avec du poivre dans les yeux.»

Lorsqu'elle arrive au magasin, il y a de nombreux clients et elle ne trouve donc pas de place de stationnement tout près. «Tant pis, se dit-elle. Je déplacerai l'auto plus tard.»

Axelle est vite absorbée par son travail, donnant des renseignements aux clients, vidant le comptoir à salades, remplissant les étagères, accomplissant toutes les tâches qu'on lui attribue.

À l'heure de fermeture du magasin, elle est occupée à compter des boîtes et à en faire l'inventaire. Elle salue distraitement l'équipe de ménage lorsque celle-ci s'en va et poursuit son inspection des boîtes, examinant attentivement les nouveaux produits et cherchant où les placer sur les étagères.

Elle enlève du présentoir tous les «spéciaux de la semaine» et remet la marchandise à sa place habituelle pour installer les nouveaux articles. Elle étudie les formulaires de commande, y barre deux articles et en ajoute un.

Lorsqu'elle a terminé, elle inscrit son emploi du temps et puis circule simplement dans les allées. Elle respire les odeurs mêlées qui embaument la boutique : odeurs d'épices, de thés, de légumes. Elle admire l'étalage des nouveaux minéraux, vitamines et suppléments. Son attention est particulièrement attirée par une bouteille de suppléments alimentaires pour végétariens.

« Je ne suis pas tout à fait une végétarienne, se dit-elle. Mais je ne mange presque pas de viande. Et la bouteille est tellement belle ; on dirait une antiquité… »

Finalement, elle cède à la tentation et dépose l'une des lourdes bouteilles brunes sur le comptoir. La caisse enregistreuse est déjà fermée, alors elle remplit un formulaire destiné aux employés en grimaçant à la vue du prix. Même avec le rabais offert aux employés, ça lui paraît excessif de payer dix-huit dollars pour une bouteille de 700 ml d'un produit dont elle n'est pas absolument certaine d'avoir besoin. Elle met la bouteille dans son sac à dos.

Ce n'est qu'après avoir mis sa veste et pris son sac qu'elle se rend compte qu'elle n'a jamais déplacé sa voiture. Ce souvenir la replonge aussitôt dans ses préoccupations. Elle se rappelle alors son projet de devenir une cible bien visible pour inciter son persécuteur à l'attaquer.

Elle allume l'éclairage de nuit et le système de sécurité de la boutique. Ayant pris une dernière bouffée d'odeurs épicées, elle sort et active le verrou automatique. La porte se referme avec un lourd déclic, interdisant tout retour en arrière.

«J'aime cette boutique, se dit Axelle en essayant d'être discrète alors qu'à l'affût d'ombres suspectes, elle examine soigneusement le terrain de stationnement. Pendant cinq heures, j'ai été occupée, heureuse et en sécurité, entourée de gens en santé. Maintenant, je suis de retour dans le monde des ennemis invisibles. Et j'ai eu l'idée idiote d'obliger l'un d'eux à se montrer? Jusqu'où ira ma stupidité?»

Elle ne peut pas s'empêcher de presser le pas en traversant le terrain de stationnement. Son cœur bat follement jusqu'à ce qu'elle soit assise en sécurité dans la voiture, toutes portières verrouillées. Elle prend alors le temps de placer délicatement son sac à dos sur le siège du passager, de repousser ses cheveux sur sa nuque et de rajuster sa veste.

Elle souffle un «Ouf!» et respire un bon coup. «Idiote que je suis! se dit-elle. J'avais peur dans le noir comme une petite fille de trois ans. Et je suis en un seul morceau. Il ne m'est rien arrivé.»

Elle boucle sa ceinture de sécurité, démarre la voiture et sort en marche arrière du terrain de stationnement, les phares et la radio allumés. Tout à coup, le moteur se met à tousser.

— Non! crie Axelle à la voiture. Ce n'est pas le moment de me causer des ennuis.

Comme s'il l'avait entendue, le moteur ronronne normalement. Axelle soupire de soulagement, les mâchoires serrées, ne lui faisant pas complètement confiance. Mais la voiture poursuit son chemin sans problème.

«O.K., lui dit mentalement Axelle. Ramène-moi sagement à la maison et, demain matin, je t'emmènerai au garage. Plus d'ennuis, d'accord?»

L'accélérateur répond mollement lorsqu'elle appuie sur la pédale. Axelle éteint la radio pour mieux entendre les bruits du moteur qui gronde et hoquette.

Le cœur d'Axelle se serre aussitôt sous le coup de la panique.

— Je déteste ça! hurle-t-elle en frappant le volant. Les autos sont censées démarrer et rouler. Point! Pas faire «teuf-teuf»! Allez!

Elle appuie sur la pédale d'accélérateur et la voiture bondit en avant, roulant tant bien que mal, comme si elle n'avait que trois roues.

«Elle ne se rendra pas jusqu'à la maison», se dit Axelle, les mains crispées sur le volant.

Affolée à la pensée de s'arrêter dans une voie de circulation rapide, elle quitte l'autoroute et prend une rue parallèle.

Elle essaie de se rappeler le chemin à suivre. Elle n'a jamais calculé les distances, mais elle sait que c'est un trajet plein d'obstacles et non pas une course de quelques kilomètres. «Je peux le faire quand même, se dit-elle. Mais ça ne me tente pas!»

Elle baisse la vitre de sa portière pour écouter le bruit du moteur. Celui-ci crachote, grondant trop fort et irrégulièrement. L'air de la nuit lui souffle au visage, glacé et piquant.

— Allez! Allez! commande Axelle à la voiture. Aide-moi. Ramène-moi chez moi. Je ne te demanderai plus jamais rien d'autre, mais s'il te plaît, ramène-moi à la maison.

Le moteur n'a jamais fait un bruit aussi rauque. Alors qu'Axelle appuie à fond sur la pédale d'accélérateur, le véhicule résiste et ralentit. Elle n'est qu'à cinq cents mètres de la boutique.

— Non! crie Axelle en tournant le volant pour que la voiture se range au bord du trottoir.

Le moteur gronde, puis se tait.

— Non! crie encore Axelle.

Mais il n'y a rien à faire. Elle tourne la clé de contact. Le moteur tousse pour protester, mais ne démarre pas.

Elle frappe de nouveau le volant.

— Comment peux-tu t'arrêter en plein milieu du chemin? hurle-t-elle.

Le silence de la nuit se referme sur elle. La bise passant par la fenêtre ouverte glace les mains d'Axelle et sa nuque.

— Il faut que je marche, se dit-elle. Ou que je reste assise ici. C'est ça le choix que j'ai. Il doit y avoir un téléphone sur le trajet vers la maison. Je pourrais appeler une dépanneuse.

Elle remonte la vitre. Saisissant son sac à dos, elle bondit hors de la voiture, verrouille la portière et met les clés dans son sac.

Alors que s'estompe la panique qui s'est emparée d'elle lorsque la voiture l'a lâchée, le cerveau d'Axelle s'intéresse aux problèmes d'ordre pratique. Il fait froid et son sac à dos pèse lourd.

Et elle est seule.

Seule et glacée, dans la nuit sombre et venteuse, dans un coin perdu.

Axelle frissonne en regardant alentour les réverbères distants, les ombres épaisses et la voiture immobile.

« J'ai de graves ennuis, se dit-elle. Ce qui m'arrive est vraiment sérieux.

« Mes armes ! »

Elle lutte pour rouvrir la portière et passe la main sous le siège du conducteur. Ses doigts touchent de la poussière et un mouchoir de papier froissé.

Pas de bâton de baseball !

Elle tâte l'espace entre le siège et la portière.

Pas de bouteille de poivre !

Son cerveau tourne à vide. Quelqu'un est entré dans sa voiture.

Est-ce lui qui a trafiqué le moteur ?

Elle en est certaine, tout à coup. Sa belle-mère prend grand soin de sa voiture et celle-ci n'a jamais causé aucun ennui. Pourquoi le véhicule aurait-il soudain des problèmes, à moins d'avoir été trafiqué ?

« Quelqu'un a bousillé le moteur », se dit-elle avec amertume. Elle aimerait en connaître un peu plus sur la façon dont les voitures fonctionnent et sur les moyens de les réparer.

Elle se redresse, verrouille sa portière. « D'accord, pense-t-elle, je voulais forcer mon persécuteur à se découvrir. C'est l'occasion parfaite. S'il me surveille.

« Bien sûr qu'il me surveille.

« Oh, Axelle ! Ne sois pas stupide. Va-t'en d'ici ! »

Chapitre 25

Axelle reprend son sac à dos et se met à courir, mais elle sait qu'il n'y a pas d'endroit sûr où se cacher. Entre l'endroit où elle est et sa maison, il y a beaucoup de sombres rues désertes et, chez elle, rien pour assurer sa sécurité.

Son sac se balance sur son épaule, la frappant à chaque pas. Elle sait qu'il y a un téléphone public dans le petit centre commercial près de la boutique, et elle s'apprête à retourner sur ses pas lorsqu'elle se souvient qu'il porte un écriteau HORS D'USAGE. Ce dernier est affiché depuis si longtemps qu'elle s'y est habituée.

Elle essaie de se rappeler l'emplacement d'autres téléphones publics, mais ils lui paraissent être tous éloignés. Ils sont vraiment trop loin pour qu'elle ait le temps de s'y rendre.

Tout autour d'elle, il n'y a que des édifices aux fenêtres bouchées par des planches et des terrains de stationnement vides, fantômes d'une époque plus prospère. Il y a aussi des terrains vagues, quelques braves petits commerces, fermés pour la nuit… et beaucoup d'obscurité.

Axelle se met en route. La Subaru a choisi un très mauvais endroit pour la laisser tomber, mais la situation n'est pas sans espoir. Dans le cadre du programme d'aménagement urbain, plusieurs édifices à bureaux ont été érigés dans les parages. Il doit donc y avoir dans un rayon d'un kilomètre environ un hôtel ou un dépanneur ouverts toute la nuit.

« Un hôtel ! se dit Axelle. J'ai une carte de crédit ! Je pourrais vivre dans un hôtel… ou je peux m'en tenir à mon plan de rester bien visible, de mener ma vie normale… rentrer chez moi, à pied, en restant sur mes gardes. »

Axelle marche d'un pas rapide. Elle a glissé les bretelles de son sac à dos sur ses épaules, au lieu de le porter. Dedans, il y a sa carte de crédit, son sac à main, une carte d'identité, ses clés, sa carte d'assurance-maladie : toutes des choses trop importantes pour être abandonnées, même si le sac est lourd.

« Attends une minute ! se dit-elle en jetant un coup d'œil à la voiture. Pourquoi est-ce que je m'éloigne de l'auto ? Celui qui l'a trafiquée va la chercher. Il y viendra pour me surprendre. »

Elle retourne vers la Subaru tout en essayant de trouver une bonne cachette dans les environs. « Je vais me cacher et guetter, pense-t-elle. C'est la seule façon de découvrir qui me poursuit. Alors je saurai quoi faire puisque je saurai de qui je dois me méfier. »

Elle entend un véhicule approcher et, aussitôt, un instinct primitif de survie la propulse dans un recoin de l'entrée d'une boutique aux fenêtres bouchées par des planches.

Des feuilles mortes, soufflées par le vent, craquent sous ses pieds. Elle se cache dans l'ombre glacée, aux aguets.

Une camionnette s'avance lentement, phares éteints, son conducteur dissimulé dans le secret de la nuit.

« Johan ! se dit-elle. Ainsi, c'était vraiment Johan. »

Mais Clément aussi conduit une camionnette. En fait, des centaines de gens en possèdent une.

Elle se penche en avant, sortant la tête de l'entrée juste ce qu'il faut pour voir. La camionnette s'arrête près de sa voiture. Le conducteur promène le faisceau lumineux d'une lampe de poche sur la Subaru, puis la camionnette se remet en route dans sa direction.

Axelle se recule dans les ombres, puis perd le souffle lorsque le rayon lumineux passe sur ses pieds.

« Il me cherche, pense-t-elle. S'il voulait m'aider, il crierait mon nom. »

Le rayon passe au-dessus de sa tête. Axelle se presse dans le coin, et son sac lui meurtrit le dos. Elle respire à peine, les yeux fermés.

Elle entend la camionnette s'éloigner.

« La camionnette de qui ? se demande-t-elle en

essayant de se rappeler un détail lui permettant de l'identifier. Celle de Johan est plus vieille que celle de Clément et d'un bleu plus foncé.»

Elle n'a prêté attention au numéro d'immatriculation ni de l'un ni de l'autre véhicule. De toute façon, les phares éteints l'ont empêchée de lire la plaque de la camionnette qui vient de passer.

Lorsqu'elle n'entend plus du tout le bruit du moteur du véhicule, Axelle se détend un peu. «Je ne sais toujours pas qui c'est, se dit-elle en se laissant aller. Je l'ai attiré à découvert et ça n'a rien donné. Qu'est-ce que je vais faire maintenant?»

Le vent qui se lève agite les feuilles et les papiers froissés, produisant un étrange son au seuil de l'entrée de la boutique. Axelle redresse ses épaules; elle frissonne de peur et de froid, puis elle manque d'éclater de rire lorsqu'un gobelet en carton glisse comiquement sur le trottoir.

Quelques flocons de neige tombent, que le vent lui souffle en plein visage. Puis il se met à neiger abondamment. Axelle frissonne de nouveau. Le vent plaque ses jeans sur ses jambes, comme le feraient des mains glacées.

«J'ai le choix, ironise-t-elle. Je peux rester ici et geler ou je peux sortir et me faire écraser par une camionnette fantôme.»

Tandis qu'elle formule cette pensée, la camionnette revient.

«Il n'a même pas besoin de me traquer, pense-t-elle, je suis une cible immobile.»

Chapitre 26

Tandis qu'Axelle l'observe, la camionnette vient se ranger à côté de la Subaru. Un individu en descend, se penche à l'intérieur de la camionnette et se redresse, un sac d'épicerie dans les bras.

Il est trop loin et trop camouflé par son manteau, son chapeau et les flocons pour qu'Axelle le reconnaisse. Elle le voit déverrouiller les portières de la Subaru, se pencher à l'intérieur, se redresser pour fouiller dans son sac, puis bricoler du côté passager, près du pare-chocs arrière.

Puis il remonte dans sa camionnette et en allume les phares. Le véhicule effectue un virage serré vers la gauche et, entrant dans un terrain vague, disparaît rapidement dans la neige.

Axelle songe aux nombreuses occasions où elle a laissé ses clés, celles de la voiture et celles de la maison accrochées au même anneau, dans la poche de sa veste suspendue dans son casier à l'école. Elle pense à Georges qui ouvre si facilement les casiers sans en souffler un mot à personne.

Elle se rend compte que n'importe qui pourrait avoir fait faire un double de ses clés.

Elle court vers la Subaru. « Le réservoir à essence ! se dit-elle en comprenant tout à coup la signification du bricolage auquel l'individu s'est livré. Il a versé quelque chose dans le réservoir ! Alors l'auto va exploser dès que je la ferai démarrer ? »

Elle s'écarte vivement de la voiture et, après un moment d'hésitation, se met à courir pour suivre la camionnette. « Il faut que je sache qui c'est », pense-t-elle en ne perdant pas des yeux la trace des pneus. Il y a assez de neige sur le sol pour que la piste soit visible.

Elle traverse le terrain vague et grimpe sur un talus. Arrivée au sommet, Axelle s'arrête à la vue de l'énorme forme qui se dresse de l'autre côté. Elle reconnaît la vieille papeterie.

« Clément ! L'endroit secret qu'il est le seul à connaître ! » se dit-elle.

Elle avale sa salive avec difficulté. « Clément ! J'espère que ce n'est pas lui ! »

Elle se dépêche de descendre l'autre versant du talus, attirée par le mystère, par le besoin de savoir qui la tourmente, par le besoin de mettre un terme au mystère et à son tourment.

Elle suit lentement les traces dans le terrain de stationnement, se souvenant des nids-de-poule et des débris qui parsèment le sol. La neige recouvre tout et elle ne voit pas où elle peut poser le pied sans danger. Les traces de pneus disparaissent presque, recouvertes de plus en plus par la neige qui continue à tomber. Mais elle les distingue suffisamment pour voir qu'elles se dirigent en droite ligne vers la rivière.

Des ombres surgissent autour d'elle et Axelle reconnaît des arbres. Elle se souvient qu'une piste de jogging longe la rivière et se demande si le chemin est assez large pour permettre à la camionnette d'y rouler.

C'est alors qu'elle entend une voix, apportée et déformée par le vent. Elle ne peut saisir que certains mots : « ... pas te faire confiance... continues à la harceler... elle plus tard...»

Axelle se plaque contre le tronc d'un arbre et tend l'oreille. Le vent souffle de la rivière et Axelle se rend compte que les sons doivent provenir de cette direction-là.

Elle se déplace d'un arbre à l'autre jusqu'à ce qu'elle aperçoive un trou creusé dans la neige. Elle fait une pause pour écouter de nouveau, mais n'entend plus de voix, seulement des grognements. À travers les tourbillons de neige déferlant devant elle, elle voit la camionnette arrêtée entre deux arbres et quelqu'un se tenant debout près de la portière ouverte du côté du conducteur.

Pour mieux voir ce qui se passe, Axelle s'écarte du sentier qu'a suivi la camionnette et avance en décrivant un demi-cercle.

Elle s'approche lentement, silencieusement, en

se dissimulant dans les ombres les plus noires derrière les arbres. Soudain, elle s'arrête, le souffle coupé à la vue de la scène qui se déroule sous ses yeux.

La silhouette debout près de la camionnette referme la portière du côté du conducteur, passe le bras par la vitre ouverte, puis se recule.

La camionnette roule dans la rivière et flotte un court instant. Puis l'avant du véhicule s'enfonce dans l'eau.

Axelle reste immobile, glacée d'horreur.

La camionnette n'est pas vide.

Il y a quelqu'un à l'intérieur !

Chapitre 27

La silhouette se retourne et remonte en courant le chemin par lequel la camionnette est venue.

La vue d'Axelle se trouble et le sang se met à battre à ses tempes lorsqu'elle reconnaît son chapeau sur la tête de l'inconnu, son écharpe autour de son visage, son sweat-shirt.

« N'est-ce pas le même sweat-shirt que Thalie portait le soir où on a failli aller au cinéma ensemble ? Le soir où elle a rencontré Raymond pour la première fois ? » se demande Axelle.

La silhouette disparaît derrière le rideau de flocons et Axelle se retourne vers la rivière.

La vue de l'arrière de la camionnette pointant hors de l'eau noire la force à agir.

Axelle se débarrasse rapidement de son sac à dos et de sa veste. Elle enlève ses chaussures et se précipite à l'eau, perdant le souffle sous la morsure du froid. Elle saisit l'arrière de la camionnette et, en se tenant au véhicule, elle avance pour se rendre jusqu'à l'avant. Elle doit lutter pour éviter de flotter à mesure qu'elle s'avance dans l'eau.

« L'eau ne doit pas être si profonde que ça par ici, se dit-elle. La camionnette n'est pas complètement immergée. Je dois sortir le conducteur de là ! Qui que ce soit. Il le faut ! »

Ayant pris une grande inspiration, elle plonge la tête dans l'eau. Elle cherche à tâtons la poignée de la portière, la trouve et la tourne. Une fois la portière ouverte, Axelle avance la main et touche du bout des doigts le tissu d'un vêtement. Mais ses poumons sont prêts d'éclater. Elle doit remonter à la surface pour respirer.

Elle fait surface et aspire avidement l'air froid, sachant que la personne prisonnière de la camionnette est immergée depuis beaucoup plus longtemps qu'elle l'a été... qu'elle est en bien plus mauvaise posture... que ses poumons s'emplissent d'eau tandis qu'elle remplit les siens d'air.

Les jambes d'Axelle sont glacées... l'eau la tire vers le bas en imbibant ses vêtements... le vent et la neige piquent son visage... Axelle prend une autre longue inspiration, puis replonge, sachant qu'elle doit ramener la personne à la surface tout de suite parce qu'elle n'aura sans doute pas la force de plonger une troisième fois.

Elle avance la main dans la cabine de la camionnette, saisit une manche, un bras ? Une veste ? Elle resserre sa prise et tire, mais le corps obéit trop lentement, résiste. Axelle lâche l'embrasure de la portière et entre à l'intérieur, saisit le corps à deux mains et tire. Son esprit n'est plus qu'un tourbillon noir, grondant, de détermination.

« Ses jambes ! pense-t-elle. Il a les jambes prises sous le volant. »

Elle se penche, attrape ce qu'elle espère être un genou et le tire de côté vers la portière.

Les poumons d'Axelle sont oppressés, son corps est si froid qu'elle ne le sent plus. Elle comprend alors qu'il est trop tard. Tandis qu'elle perdait son temps à observer la silhouette revêtue de ses vêtements, le conducteur de la camionnette se noyait.

Le corps se libère et commence à monter vers la surface. Axelle est tellement surprise qu'elle vient près de le lâcher. Mais, tandis qu'il monte, elle le suit. Elle refait surface et aspire avidement l'air frais, l'air qui lui fait mal à la gorge… qui sent la joie la plus pure.

Elle s'agrippe à la camionnette et remorque le corps inerte du conducteur vers le rivage, avançant régulièrement la main sur le châssis du véhicule, jusqu'à ce que ses pieds touchent le fond boueux. Les jambes d'abord tremblantes, puis agissant indépendamment, comme dissociées du centre de commandes conscient, Axelle avance, le corps flottant derrière elle.

Elle entend une faible toux et ce petit signe de vie lui donne accès à des réserves d'énergie. Sans savoir comment elle réussit à le faire, Axelle traîne le corps sur le rivage et, le saisissant par-derrière, le tourne sur le dos avec le vague espoir que ce mouvement lui videra les poumons.

Avec un vague étonnement, elle remarque que c'est Johan à qui elle pince le nez, penche la tête par-derrière et souffle dans la bouche.

Elle ne peut qu'espérer s'y prendre comme il faut. Elle a vu pratiquer la respiration artificielle à la télévision, mais qui sait si on s'y prenait correctement?

Mais c'est tout ce qui lui vient à l'esprit et, après un moment qui lui semble durer des années, Johan tousse de nouveau, puis tourne soudainement sa tête sur le côté et crache de l'eau de la rivière. Elle l'aide à s'asseoir et alors il tousse encore, halète et s'étouffe, crache de l'eau, vomit.

Mais il est vivant.

Il est également étourdi. Il ne paraît pas reconnaître Axelle et ne dit pas un mot. Il tremble et frissonne sans arrêt.

Du sang suinte de sa tête et coule sur son visage.

Les doigts gourds, maladroits sur le tissu alourdi d'eau, Axelle lutte pour enlever la veste et le t-shirt trempés de Johan.

Elle réussit finalement, attrape sa propre veste sèche et en enveloppe le garçon. Elle roule le t-shirt en bandeau et le noue autour de sa tête pour ralentir le saignement.

Le vent s'est calmé et Axelle en est bien reconnaissante, car elle s'est presque transformée en bloc de glace dans ses vêtements mouillés. Et il neige plus fort, à lourds flocons énormes.

Il y en a déjà une bonne couche sur le sol.

«On ne peut pas rester assis ici, pense Axelle. On va mourir gelés. Et Johan doit être soigné par un médecin. Moi, j'ai besoin de vêtements secs, de couvertures et de thé chaud.»

Elle se lève. Johan reste assis, le regard vide. Il respire péniblement et son corps tremble tout entier sous l'effet du choc et du froid.

Axelle se penche et lui prend la main.

— Allez, Johan! Debout! lui dit-elle.

Elle le tire par le bras et il finit par se lever.

— Cherchons un endroit où il fait chaud, dit-elle en plaçant un bras du garçon sur son épaule et en le prenant par la taille, sous la veste.

Elle aperçoit son sac à dos, maintenant recouvert de neige, couché là où il est tombé lorsqu'elle l'a enlevé précipitamment.

«Laisse-le!» ordonne son cerveau.

«Mais mon sac à main, ma carte de crédit…» Elle le ramasse et glisse les bretelles une à la fois. «Il me servira de coupe-vent, pense-t-elle. C'est mieux que rien.» Elle le porte à l'avant pour pouvoir tenir Johan par la taille sans être gênée.

Elle constate que le sac sert de barrière entre elle et la neige, quoi que son poids additionnel la dérange, alors que Johan se traîne à côté d'elle, s'appuyant lourdement sur elle par moments et la faisant vaciller.

Elle se demande jusqu'où ils vont pouvoir aller avant de s'effondrer, complètement épuisés. Chaque fois qu'elle hésite, Johan essaie de s'asseoir; elle est donc forcée d'avancer dans la direction, espère-t-elle, du terrain de stationnement de la papeterie et de la rue la plus proche qui les mènera quelque part... où ils pourront trouver un téléphone, de la chaleur ou une voiture.

Ils avancent lentement. Axelle claque des dents si fort qu'elle a peur de se mordre la langue. Ses cheveux doivent être gelés car ils lui piquent les joues comme des glaçons. Le froid la fait littéralement souffrir de la tête aux pieds.

Ils trébuchent dans les nids-de-poule et sur les débris, mais finissent par arriver à la rue. Axelle ne peut croire à sa chance lorsque les phares d'une voiture apparaissent une minute plus tard.

Elle bouge frénétiquement les bras et la voiture s'approche d'eux, lentement d'abord, puis de plus en plus vite.

«Enfin!» se dit Axelle en se laissant aller au soulagement.

La voiture se dirige droit sur eux à toute vitesse.

Lorsque Axelle comprend que le véhicule leur fonce carrément dessus, elle se jette de côté. Johan la suit dans sa chute, comme un poids mort, s'effondrant sur elle, l'écrasant sur le trottoir.

Elle n'est même pas surprise alors que son cerveau enregistre le fait que la voiture qui a failli les écraser est sa propre Subaru trafiquée.

Et elle sait, aussi bien qu'elle peut comprendre quelque chose dans son état semi-glacé, que la Subaru va tourner et revenir pour essayer de nouveau de les écraser.

Chapitre 28

À côté d'elle, Axelle entend Johan haleter et pousser de petits gémissements de douleur.

— Lève-toi! dit-elle en lui tirant le bras. Il faut que tu coures avec moi.

Il ne résiste pas, mais semble incapable de répondre à ses efforts, de comprendre ce qu'elle attend de lui.

«Son état empire, se dit-elle en tirant plus fort. Peut-être qu'il a une hémorragie au cerveau! Il va mourir sous mes yeux!»

Elle entend la voiture revenir alors qu'elle réussit à remettre Johan sur ses pieds. Replaçant le bras du garçon sur son épaule, elle le prend par la taille et se met en route dans une tentative désespérée et futile d'échapper à la Subaru.

Soudain, une idée lui traverse l'esprit: «Le tunnel! se dit-elle. Le tunnel dans la haie! Je pourrais y cacher Johan et courir chercher de l'aide. Il serait un peu à l'abri du froid et personne ne pourrait le trouver... sauf Clément! Il connaît l'existence du tunnel.»

Mais elle n'a pas d'autres idées pour l'instant et presque plus de force. Elle sait que c'est sans espoir, mais elle poursuit tout de même sa route.

Cette fois, la voiture les rate de quelques centimètres seulement et Axelle atterrit sur Johan. Elle l'entend souffler l'air de ses poumons brusquement dans un gros soupir, puis gémir de douleur. Elle comprend alors qu'ils n'atteindront jamais le tunnel.

Axelle se met à trembler.

«C'est fini! se dit-elle. Johan ne peut plus avancer. Et même si je le cachais quelque part, je ne pourrais pas courir chercher de l'aide. Je suis à moitié morte et aux trois quarts gelée et, de toute façon, il serait trop facile de suivre ma trace dans la neige.»

Son sac presse contre sa poitrine et elle l'enlève. Elle entend la Subaru revenir pour la troisième fois vers eux, son moteur grondant de plus en plus fort.

Elle agrippe Johan sous les aisselles et le traîne en dehors de la route, puis l'abandonne sur un tas de neige. Elle saisit son sac et revient sur la route en pensant vaguement que la voiture ne pourra pas les frapper tous les deux en même temps.

Les pneus de la Subaru semblent chanter tandis que la voiture fonce sur elle. Son sac est si lourd...

Si lourd...

Comme dans un rêve... certainement dans un cauchemar... Axelle ouvre son sac, y prend la lourde bouteille de suppléments alimentaires et la lance en plein dans le pare-brise du véhicule qui approche.

Chapitre 29

Le pare-brise vole en éclats. La voiture change de direction, puis tourne sur elle-même hors de contrôle. Elle frappe le trottoir du côté droit de la route ; l'impact à haute vitesse la fait se dresser sur ses deux roues de gauche. Elle plane un moment dans les airs, puis s'écrase sur le sol, atterrissant du côté du conducteur, et glisse sur la neige dans un fracas de métal et un feu d'artifice d'étincelles. Finalement, elle s'immobilise sur le flanc, cabossée.

Axelle pousse un hurlement.

Elle court vers la voiture en criant à pleins poumons. Elle dérape et glisse sur la neige. Elle doit vérifier si le conducteur est vivant. Son instinct lui dit de s'enfuir, d'aller chercher de l'aide pour Johan et d'abandonner à son propre sort le maniaque coincé dans la Subaru.

Elle en est incapable.

Elle ne peut pas simplement s'enfuir sans rien faire.

Elle s'agenouille près du tas de ferraille, puis

s'étend par terre pour voir par la vitre de la portière... le conducteur inconscient, blessé, mais qui respire encore.

— Bertrand! souffle-t-elle, la gorge serrée, douloureuse. Bertrand! Oh non! pas toi!

Se laissant tomber dans la neige, parmi les morceaux de verre et de métal, Axelle se met à pleurer.

— Alors, maintenant, tu sais, dit Bertrand, d'une voix faible mais claire.

— Mais pourquoi as-tu fait tout ça, Bertrand? Pourquoi? Pourquoi? Pourquoi?

— Mon père... m'a abandonné, murmure Bertrand. Il ne me restait plus que ma mère. Tout allait bien jusqu'à ce que j'aie dû la partager avec toi. J'ai voulu que tu sortes de ma vie dès le premier jour où je t'ai rencontrée.

— Mais tu m'as appris à nager!

Axelle sait que cette exclamation paraît stupide, mais ça lui est égal. Elle ne parvient pas à croire ce qu'elle entend.

— Je t'ai jetée à l'eau en espérant que tu te noies.

— Tu m'as appris à attraper une balle!

— J'ai essayé...

Bertrand se met à tousser, puis reprend:

— J'ai essayé de t'envoyer des balles rapides en pleine face quand personne ne regardait.

— Non!

Axelle a beau protester, elle sent qu'il la hait vraiment.

— Qu'est-ce que tu as fait à l'auto? lui demande-t-elle.

— J'ai mis de l'eau dans le réservoir d'essence. Deux canettes de *Heet* l'ont fait évaporer. Personne n'aurait pu le deviner.

— Pourquoi as-tu essayé de noyer Johan?

— Il fallait un coupable. Johan s'est désigné lui-même, avec cette obsession qu'il a pour toi.

Il tousse de nouveau et ses yeux se ferment.

— Ça a presque réussi, dit Bertrand. Une fois débarrassé de toi, tout aurait été bien pour moi.

— Non, dit tristement Axelle. Je ne crois pas que tout sera jamais bien pour toi.

Chapitre 30

Axelle pose sa tête sur le doux oreiller de son lit. Ça fait du bien d'être dans sa chambre, chez elle. Ça fait du bien de se sentir en sécurité.

Elle se tourne sur le côté pour lire l'heure à son réveille-matin, et c'est alors qu'elle entend le léger tapotement à sa fenêtre.

« Pas encore ! se dit-elle. Quand est-ce que ce cauchemar finira ? »

Elle sort lentement de son lit.

Il y a quelqu'un derrière sa fenêtre. Elle aperçoit son visage de l'autre côté de la vitre. Elle traverse la chambre et alors...

La vitre éclate en mille morceaux et Axelle se met à hurler.

— Calme-toi, Axelle, c'est fini ! dit la voix de son père. Tout est fini. Tu es en sécurité.

Axelle secoue la tête pour mieux se réveiller. Elle est encore au lit, mais pas chez elle. Elle examine la chambre d'hôpital assombrie et aperçoit finalement une horloge.

— Est-ce qu'il est vraiment midi ? demande-t-elle. Je suis ici depuis combien de temps ? Je dois me préparer pour aller travailler.

— Tu ne travailles pas. C'est dimanche.

— Dimanche !

Puis la mémoire lui revient et tout ce qui est arrivé défile dans son esprit.

— Bertrand ? demande-t-elle.

Son père secoue la tête. Il a le visage gris et vieilli, triste.

— Sa mère est avec lui, explique-t-il. Elle est tellement désolée, Axelle. Elle a beaucoup de peine pour toi.

— Est-ce qu'il va survivre ?

— Il a eu une commotion cérébrale. Il y a le risque de dommages au cerveau. Il a de nombreux bleus et coupures. Le sac gonflable lui a sauvé la vie. Oh ! Axelle ! Je suis tellement désolé, moi aussi. On ne savait pas que Bertrand avait l'esprit dérangé. On ne devinait même pas qu'il était jaloux. Il a toujours paru si gentil avec toi… Quand on est revenus de notre courte croisière, raconte monsieur Grandbois, on a trouvé le message de Bertrand à l'hôtel. On n'y comprenait rien, alors on a appelé à la maison. On a passé plusieurs heures à appeler et à appeler sans que vous répondiez. Finalement, on a fait la chose la plus sensée : on a pris le premier avion pour revenir. On a trouvé la maison vide, des verrous installés sur les portes des salles de bains, un message étrange sur le répondeur… et cette chose sur ton lit. On a appelé la police.

— Ils vous ont tout raconté?

Son père hoche la tête et dit:

— On a appelé Thalie. D'après elle, tu aurais déjà dû être rentrée du travail, alors on a rappelé les policiers et on les a convaincus de commencer les recherches immédiatement. Je suppose que Thalie a appelé ce garçon, Clément.

Axelle sourit.

— Ils sont partis à ta recherche, et moi aussi. Monique est restée à la maison près du téléphone.

— Qui nous a trouvés?

— Tu ne t'en souviens pas?

Axelle secoue la tête, ce qui l'étourdit. Elle se passe la main sur le front et demande à son père:

— Pourquoi est-ce que je suis à l'hôpital? Je veux rentrer…

Elle ne finit pas sa phrase parce qu'elle se rend compte que ce n'est pas vrai. Elle n'a pas envie de rentrer à la maison.

— Ce sont les policiers qui t'ont trouvée en premier, explique monsieur Grandbois. Puis Thalie et Clément sont arrivés et moi aussi presque en même temps. Tu es à l'hôpital parce que tu as une pneumonie, sans parler d'un cas sérieux d'hypothermie et de nombreuses coupures et éraflures.

Il prend les mains de sa fille dans les siennes et poursuit d'un ton ému:

— Tu as eu une rude soirée, ma chouette. Je

veux que tu saches… je te promets que Bertrand ne te fera plus jamais aucun mal. Il restera dans un hôpital ou en prison pour le reste de ses jours.

— Et comment va Johan?

— Il chante tes louanges à qui veut l'entendre. Tu lui as sauvé plusieurs fois la vie. Je crois que tu as un admirateur dévoué à tout jamais.

Axelle grogne.

Elle ne se rend pas compte qu'elle se rendort mais, lorsqu'elle rouvre les yeux, son père n'est plus assis près de son lit. Il a été remplacé par Thalie, qui tient un bouquet de fleurs.

— De la part de Clément, dit-elle, dès qu'elle voit que son amie est réveillée. Il ne pouvait pas rester plus longtemps.

— Thalie…

Axelle prend un mouchoir et s'essuie les joues.

— Je te dois des excuses. Tu étais sur ma liste de suspects. Je suis vraiment désolée.

— Chut! C'est correct. Je n'ai été d'aucun secours quand tu avais besoin de moi. Ma réaction devait te paraître bizarre.

— J'aurais dû deviner que tu avais une bonne raison.

— Comment est-ce que tu aurais pu le savoir puisque je ne te disais rien? Tu ne peux pas lire dans mes pensées.

— Tout de même, j'aurais dû deviner, insiste Axelle.

— Bon, je ne vais pas me disputer avec

quelqu'un qui est dans un lit d'hôpital. Et si on se pardonnait tout simplement l'une l'autre en se disant qu'on fera mieux la prochaine fois?

— D'accord! Sauf qu'il vaudrait mieux qu'il n'y ait pas de prochaine fois! J'ai une autre chose à te dire, Thalie, et puis pendant le reste de notre vie ce sera une affaire classée, O.K.?

Thalie hoche la tête.

— J'ai jeté une bouteille de suppléments alimentaires pour végétariens sur la Subaru et c'est ça qui a arrêté Bertrand.

— Je sais. Ce n'est pas comme si j'avais été amoureuse de lui, Axelle. Et même si je l'avais été, je ne le serais plus maintenant, sachant ce qu'il vous a fait, à toi et à Johan, et ce qu'il essayait de faire. Personne ne t'en voudra jamais.

— Tu ne comprends pas ce que je veux dire.

— Alors explique-le-moi.

— Ce que je veux souligner, c'est qu'un aliment sain m'a sauvé la vie.

Thalie est étonnée, puis elle sourit. Elle lève la main et prononce d'un ton solennel:

— Moi, Thalie, je promets de ne plus jamais essayer de te faire manger de frites.

Axelle a un petit sourire fatigué. «Thalie a raison, pense-t-elle, je suis une fanatique. Il faudrait peut-être que je surveille ça... un autre jour.»

Il y a un coup à la porte et, aussitôt après, une aide-infirmière l'ouvre toute grande.

— Un visiteur! annonce-t-elle en poussant un

fauteuil roulant dans lequel Johan, tout couvert de bandages, leur sourit largement.

— Raconte-nous ta version de l'histoire, lui dit Thalie.

— Pourquoi étais-tu avec Bertrand ? lui demande Axelle.

— Quand je t'ai vue arriver à l'école couverte de bleus et de coupures, ça m'a bouleversé, répond-il. Alors j'ai décidé de te suivre. Puis j'ai commencé à recevoir des appels disant que tu allais souffrir.

Axelle hoche la tête : elle se souvient d'avoir dit à Bertrand que Johan l'avait suivie au cinéma, qu'il était un vrai obsédé.

— Nous as-tu suivies jusqu'au cinéma, puis au restaurant, quand on a changé d'idée ?

— Oui, je vous ai vues avec des gars, alors je savais que tu étais en sécurité. Je me disais que vous resteriez là pendant quelques heures et je suis parti. Quand je suis revenu, tu n'étais plus là.

Il rougit et ajoute :

— Je ne pouvais pas permettre qu'il t'arrive quelque chose. Pas s'il m'était possible de l'empêcher.

— Alors tu as brisé la vitre de ma chambre en venant me surveiller ?

— Non, je ne suis jamais allé chez toi. Je passais souvent devant ta maison. Une fois, les lumières étaient toutes allumées pendant la nuit, alors je t'ai téléphoné.

— C'était toi !

— J'avais peur qu'il te soit arrivé quelque chose. Je suis revenu pour vérifier et c'est alors que je t'ai vue dehors. J'ai pensé que tu gardais la maison.

Axelle hoche la tête.

— Et vendredi, tu es sortie avec Clément et je vous ai surveillés, poursuit Johan en rougissant de nouveau. Je ne savais pas si c'était lui le coupable ou non. Puis tu es allée chez Thalie, ensuite à la boutique. Là, je savais que tu serais en sécurité. Et de toute façon j'avais l'intention de te suivre sur ton trajet de retour à la maison ; alors, quand j'ai reçu un appel m'avertissant que tu ne rentrerais pas vivante…

— Tu es venu à la boutique et tu y as rencontré Bertrand ? suggère Axelle.

— Ouais. Il m'a dit que son auto avait été trafiquée et qu'il avait peur qu'il soit arrivé la même chose à la tienne. Qu'on devait te trouver. Il a dit : « Regarde-moi ça ! » Je me suis penché pour regarder et bang ! Quand j'ai repris connaissance, j'étais dans la camionnette et Bertrand tenait un petit bâton de baseball à la main. Bang, il m'assomme encore avec. Et je me réveille ici.

Axelle se rend compte que bien des choses ont changé. Et l'une d'entre elles, c'est ce qu'elle ressent pour Johan. Dans les profondeurs de la rivière, un lien s'est forgé entre eux. Un lien qui s'est renforcé pendant le reste de cette nuit cauchemardesque. « Je ne l'aimerai jamais comme un amoureux, se dit-elle. Mais comme… un frère ? Je n'en ai plus maintenant. »

— Tu vois ? J'avais raison ou non ? Axelle, tu es une merveille !

— Tu es malade, marmonne Axelle.

— Pas du tout !

— Et moi aussi, ajoute Axelle.

Elle sent ses paupières lourdes se fermer et laisse la paix descendre sur elle.

ACHEVÉ   D'IMPRIMER
EN   AVRIL   1997
SUR LES PRESSES DE
PAYETTE & SIMMS INC.
À SAINT-LAMBERT (Québec)